매그레와
벤치의 사나이

SIMENON

Maigret

매그레와
벤치의 사나이

SIMENON

Maigret

조르주 심농 장편소설

최애리 옮김

이 책은 실로 꿰매어 제본하는 정통적인 사철 방식으로 만들어졌습니다.
사철 방식으로 제본된 책은 오랫동안 보관해도 손상되지 않습니다.

1
누런 구두

매그레가 그 날짜를 기억하기 쉬웠던 것은 처제의 생일과 같은 10월 19일이었기 때문이다. 그리고 요일까지 기억에 남았던 것이, 월요일에는 살인 사건이 거의 일어나지 않는다는 것이 오르페브르 강변로[1]의 불문율처럼 되어 있었기 때문이다. 뿐만 아니라, 그것은 그해 들어 첫겨울 느낌이 드는 사건이었다.

일요일 내내 비가 내렸었다. 차고 가늘게 뿌리는 비에 지붕과 보도가 검게 젖어 번들거렸고, 누르스름한 안개가 창문 틈새로 스며드는 것만 같았다. 아무래도 틈새를 막아야겠다는 것이 매그레 부인의 말이었다. 매그레도 해마다 이맘때면 그렇게 해주마, 다음 일요일에는 꼭 해주마 하고 약속해 온 것이 벌써 5년째였다.

「두꺼운 외투를 입는 게 나을 거예요.」

1 파리 경찰청 수사국을 말한다. 이하 모든 주는 옮긴이의 주이다.

「어디 있지?」

「찾아다 줄게요.」

8시 반, 집집마다 아직 불이 켜져 있었고, 매그레의 외투에서는 나프탈렌 냄새가 났다.

낮에는 비가 오지 않았다. 적어도 빗방울이 눈에 보이지는 않았지만, 그래도 도로는 여전히 젖어 있었고, 사람들이 밟고 다니는 바람에 한층 더 미끄러워졌다. 오후 4시쯤, 날이 저물기 조금 전부터는, 아침과 같은 누런 안개가 온 파리를 뒤덮으면서 가로등과 진열창의 불빛을 흐릿하게 만들었다.

뤼카도 장비에도 막내 라푸앵트도 나가고 없는데, 사무실 전화가 울렸다. 상토니라는 코르시카 출신, 도박 단속국과 풍기 단속국에서 10년쯤 근무하다 기동 수사대에 들어온 친구가 전화를 받았다.

「느뵈 형사랍니다, 반장님. 3구에 있다는데, 반장님과 직접 통화하고 싶다고. 급한 일인가 봅니다.」

매그레는 수화기를 받아 들었다.

「날세.」

「생마르탱 대로의 한 비스트로[2]에 있습니다. 칼에 찔려 죽은 남자가 발견됐어요.」

「대로상에서?」

2 와인과 간단한 식사를 판매하는 주점 겸 식당.

「아니, 대로는 아니고요. 막다른 골목 안에서요.」

느뵈는 이런 일에 이력이 난 터라, 매그레가 무슨 생각을 할지 대번에 알아차렸다. 그렇게 혼잡한 지역에서 칼부림쯤이야 새삼스러울 것도 없었다. 취객들 사이의 다툼일 게 뻔했다. 아니면 스페인, 북아프리카 등지에서 온 이주민들 사이의 우격다짐이거나.

느뵈는 서둘러 덧붙였다.

「좀 이상한 사건 같아요. 와보시는 게 좋겠어요. 큰 보석상과 조화 가게 사이의 골목입니다.」

「곧 가겠네.」

반장은 처음으로 상토니를 데려가기로 했다. 수사국의 검은 소형차에 탔는데, 새로 온 이 형사에게서 나는 향수 냄새에 골치가 아팠다. 작달막한 친구가 뒷굽이 높은 구두를 신고 머리칼에는 포마드를 바르고 손가락에는 가짜일 게 뻔한 큼직한 다이아몬드 반지를 끼고 있었다.

길거리의 어둠 속에서 행인들의 그림자가 한층 더 짙었고, 미끄러운 보도를 밟을 때마다 신발 밑창에서 쩔꺽쩔꺽 소리가 났다. 생마르탱 대로의 보도 위에서는 서른 명쯤 되는 사람들이 모여 웅성대는 가운데, 케이프 차림의 순경 둘이 접근을 막고 있었다. 느뵈가 기다리고 있었던 듯 차 문을 열었다.

「의사에게 반장님 오실 때까지 기다리라고 했습니다.」

늘 북적이는 그랑 불바르 지역에서도 하루 중 인파가 가장 밀리는 때였다. 보석상 위쪽에서 빛나는 커다란 시계가 5시 20분을 가리키고 있었다. 조화 가게에는 진열창도 없었고 불도 제대로 켜지 않아 을씨년스러워 보였다. 도대체 저런 가게에 가는 사람이 있기나 할까 싶었다.

두 가게 사이에 눈에 잘 띄지도 않을 만큼 좁다란 골목이 나 있었다. 가로등도 없이 그저 양쪽 담벼락 사이에 난 통로로, 이 지역에서 흔히 볼 수 있는 작은 공터로 이어져 있을 것이었다.

느뵈가 앞장서 길을 텄다. 막다른 골목 안으로 3~4미터쯤 나아가자 어둠 속에서 몇몇 사람이 기다리고 서 있는 것이 눈에 들어왔다. 그중 두 사람은 손전등을 들고 있었다. 얼굴을 알아보려면 바짝 다가가야 했다.

큰길에서보다 더 춥고 습했다. 어디선가 끊임없이 찬바람이 흘러들었다. 개가 한 마리 다가와, 쫓아 버려도 어느새 또 다리 사이를 헤치고 들었다.

땅바닥에는, 습기가 배어나는 벽에서 미끄러지다시피 한 자세로 한 남자가 엎어져 있었다. 한 팔은 몸 아래 깔렸고, 손끝에 핏기가 가신 다른 팔은 통로를 거의 가로막고 있었다.

「죽었나?」

의사는 고갯짓으로 〈그렇다〉는 표시를 해 보였다.

「즉사한 것 같습니다.」

그 말에 화답하듯 손전등 하나가 시신을 구석구석 비추자, 칼이 박힌 것이 드러났다. 다른 손전등은 시신의 옆얼굴을 비추었다. 눈은 부릅뜬 채였고, 뺨에는 쓰러지면서 돌벽에 긁힌 듯한 상처가 나 있었다.

「누가 발견했나?」

제복 차림의 순경 하나가 그 순간만을 기다리고 있었다는 듯 앞으로 나섰다. 어두워서 얼굴은 잘 보이지 않았다. 젊고 상기된 음성이었다.

「제가 순찰 중이었습니다. 이런 으슥한 골목에는 어둠을 틈타 나쁜 짓을 하는 자들이 있기 때문에, 하나하나 들여다보곤 합니다. 여기 땅바닥에 뭔가 있기에, 처음에는 그냥 취객인 줄 알았습니다.」

「그때 이미 죽어 있던가?」

「예. 그랬던 것 같습니다. 하지만 온기는 남아 있었습니다.」

「몇 시였지?」

「4시 45분이었습니다. 호루라기를 불어 동료를 불렀고, 곧장 서에 전화했습니다.」

느뵈가 끼어들었다.

「제가 신고를 받고 곧장 달려왔습니다.」

그 구역 경찰서가 거기서 멀지 않은 노트르담드나자레

트가에 있었다.

느뵈는 말을 이었다.

「동료에게 의사를 부르라고 해놓았지요.」

「목격자는?」

「제가 알기로는 없습니다.」

조금 떨어진 곳에 문이 하나 있는 것이 눈에 띄었다. 희미한 불빛이 문 위쪽 채광창을 비추고 있었다.

「저건 뭐지?」

「보석상의 사무실로 통하는 문입니다. 거의 사용하지 않습니다.」

경찰청을 나서기 전에 매그레가 감식반에 연락을 해두었으므로, 전문가들이 사진기와 검사 도구들을 가지고 나타났다. 기술자들이 으레 그렇듯이, 그들은 맡은 일만 할 뿐 아무것도 묻지 않았다. 그렇게 좁은 통로에서 어떻게 작업하면 좋을까 하는 의논이 전부였다.

「공터 안쪽에는 뭐가 있나?」 매그레가 물었다.

「아무것도 없습니다. 벽들뿐이에요. 오래전에 봉해 버린 문이 하나 있는데, 메슬레가의 한 건물로 통하지요.」

남자는 골목에 들어서서 열 걸음쯤 가다가 등 뒤에서 칼에 찔린 것이 확실했다. 누군가가 소리 없이 뒤따라왔던 듯했다. 대로를 지나는 행인들은 아무것도 눈치채지 못했을 것이었다.

「주머니를 뒤져 보니 지갑이 있더군요.」

느뵈는 매그레에게 지갑을 내밀었다. 감식반원 중 하나가, 미처 부탁도 하지 않았는데, 형사의 손전등보다 훨씬 밝은 불빛을 들이댔다.

지갑은 새것도 많이 닳은 것도 아니었다. 그저 웬만한 양질의 지갑이라는 것이 다였다. 천 프랑짜리 지폐가 석 장, 백 프랑짜리가 또 몇 장, 그리고 신분증이 들어 있었다. 루이 투레, 창고 관리인, 쥐비지의 뢰플리에가 37번지. 같은 이름의 선거인증, 뭔가 연필로 끼적여 놓은 메모지, 그리고 어린 소녀의 아주 오래된 사진.

「이제 시작해도 됩니까?」

매그레는 고개를 끄덕였다. 플래시가 터지고 연신 셔터 소리가 났다. 골목 입구에는 사람들이 점점 더 많이 모여들어서, 경찰은 이들을 저지하느라 애를 먹었다.

사진 작업을 마친 감식반원들은 조심스럽게 칼을 뽑아 특수함에 넣고, 마침내 시신을 뒤집었다. 그제야 나타난 중년 남자의 얼굴에는 그저 놀란 표정밖에 떠올라 있지 않았다.

그는 자신에게 닥친 일을 이해하지 못했다. 영문도 모르고 죽어 간 것이었다. 그 놀란 얼굴은 너무나 어린아이 같고 비극과는 거리가 멀었으므로, 어둠 속에서 누군가가 피식 소리 죽여 웃었다.

옷차림은 말끔하고 점잖았다. 어두운 색깔의 양복에 베이지색 간절기용 코트를 입고, 기묘하게 뒤틀린 자세가 된 발에는 누런 구두를 신었는데, 그날의 우중충한 날씨와는 썩 잘 어울리는 것 같지 않았다.

그 신발만을 제외하면, 그는 그저 평범하기 짝이 없어서 길에서나 대로변의 수많은 카페 중 어디에서라도 전혀 눈에 띄지 않을 사람이었다. 그런데 그를 발견했다는 순경이 한마디했다.

「어디선가 본 적이 있는 것 같습니다.」

「어디서?」

「잘은 생각이 나지 않는데, 하여간 눈에 익은 얼굴이에요. 날마다 마주치는데 특별히 눈여겨보게 되지 않는 사람들 있잖습니까.」

느뵈가 거들었다.

「이 얼굴은 저도 눈에 익은데요. 아마 이 근처에서 일하나 봅니다.」

하지만 루이 투레라는 이 남자가 도대체 뭘 하려고 이 막다른 골목에 들어왔는지는 알 길이 없었다. 매그레는 상토니 쪽을 돌아보았다. 상토니는 풍기 단속국에 오래 근무했던 터이다. 외진 곳을 찾을 만한 이유가 있는 별종들이 더러 있는 법이고, 특히 이 지역에서는 그럴 만했다. 그들은 면면이 거의 알려진 자들로, 때로는 꽤 잘나가는 인물들도 있었다. 이런 자들은 가끔씩 체포되기도 했지만, 석방되면 금방 재범을 저지르곤 했다.

하지만 상토니는 고개를 저었다.

「본 적 없습니다.」

매그레는 용단을 내렸다.

「계속하시오, 여러분. 작업을 마치면 법의학 연구소로 이송하시오.」

그러고는 다시 상토니를 향해 말했다.

「그의 가족을 찾아가 보세. 가족이 있다면 말이지.」

한 시간 후였다면, 그는 몸소 쥐비지로 찾아가지는 않았을 것이다. 하지만 지금은 자동차를 쓸 수 있었다. 그리고 호기심이 동하기도 했다. 피해자가 지극히 평범한 남자였다는 사실이 오히려 의아스러웠다. 창고 관리인이라는 직업도.

「쥐비지로 가세.」

그들은 포르트 디탈리[3]를 지나기 전에 잠깐 차를 세우고 카운터에서 맥주를 한잔 마셨다. 그러고는 고속 도로로 나서서, 전조등 불빛을 헤치며 대형 트럭들을 연신 앞질러 달렸다. 쥐비지에 도착해서는 역 근처에서 다섯 사람쯤을 붙들고 물어본 끝에 푀플리에가[4]가 어디 있는지

---

3 파리 남동쪽의 관문.
4 푀플리에*peupliers*는 〈포플러〉란 뜻이다.

알아냈다.

「택지 개발지 맨 안쪽이에요. 거기 가서는 표지판에 적힌 길 이름들을 잘 보세요. 모두 나무 이름들이랍니다. 길들이 다 비슷하게 생겼지요.」

그들은 거대한 조차장을 따라 걸어갔다. 조차장에서는 열차들의 선로를 이리저리 바꾸고 있었다. 기관차 스무 량 정도가 증기를 뿜으며 칙칙폭폭 소리를 냈고, 열차들이 덜걱대며 부딪히고 있었다. 길 오른쪽에서부터 신개지가 시작되며 가로등들이 좁다란 도로망을 밝히고 있었다. 수백, 아니 어쩌면 수천 채의 집이 모두 똑같은 크기, 똑같은 모양으로 지어져 있었다. 길거리마다 이름이 나붙은 나무들은 채 자라지 않았고, 보도는 군데군데 아직 포장되어 있지 않았으며, 검은 구멍처럼 빈터들이 남아 있는가 하면, 손바닥만 한 정원들에는 철 지난 꽃들이 시들어 가고 있었다.

떡갈나무 길, 라일락 길, 너도밤나무 길……. 장차 언젠가는 공원 같은 분위기가 날 것이었다. 나무들이 웬만큼 자라기도 전에 이 허술하게 지은 집들이 무너져 버리지 않는다면 말이지만.

부엌 창문으로 저녁상을 차리는 여자들의 모습이 내비쳤다. 길은 한산했고, 띄엄띄엄 가게들이 있었는데, 모두 서투르게 시작한 듯한 새 가게들이었다.

「왼쪽에서부터 찾아보세.」

그들은 10분쯤 우왕좌왕한 끝에 푀플리에가라고 적
인 파란 팻말을 찾아냈지만, 21번지 바로 다음이 37번지
라는 것을 모르고 지나쳐 갔다가 되돌아와야 했다. 아래
층의 단 한 군데 불이 켜진 곳은 부엌이었고, 창문의 커튼
사이로 덩치가 꽤 실팍한 여자가 오가는 것이 보였다.

「들어가 보세.」 매그레는 작은 차에서 몸을 빼내며 한
숨처럼 말했다.

그는 파이프를 구두 뒷굽에 대고 두드려 비워 냈다. 그
가 보도를 건너자 커튼이 조금 움직이더니, 여자의 얼굴
이 창밖을 내다보았다. 자동차가 자기 집 맞은편에 서는
것은 좀처럼 드문 일인 듯했다. 그는 층계를 석 단 올라갔
다. 현관문은 북미산 소나무에 니스 칠을 하고 주물 장식
을 박았으며 작은 사각형의 짙은 파란색 유리 두 장을 끼
운 것이었다. 그가 미처 초인종을 찾아내기도 전에 문 안
쪽에서 말소리가 들려왔다.

「누구세요?」

「투레 부인이십니까?」

「그런데요.」

「말씀드릴 일이 있습니다.」

그녀는 선뜻 문을 열지 않았다.

「경찰입니다.」 매그레는 나직이 덧붙였다.

체인을 내리고 빗장을 여는 소리가 났다. 그러더니 가늘게 벌어진 문틈으로 얼굴의 일부가 드러났다. 그녀는 문간에 서 있는 두 남자를 찬찬히 살펴보았다.

「무슨 일이지요?」

「들어가서 말씀드리겠습니다.」

「당신들이 경찰이라는 증거가 있나요?」

매그레는 마침 호주머니에 경찰 배지를 가지고 있었다. 대개는 집에 두고 다니는 편이었지만. 그는 배지를 불빛에 내밀어 보였다.

「좋아요. 진짜라고 믿어 보지요.」

그녀는 두 사람을 들어오게 했다. 좁은 복도, 흰 벽, 니스 칠한 나무로 된 문짝과 벽 테두리. 부엌문은 여전히 열린 채였지만, 그녀는 그다음 방의 전등 스위치를 켜고 그리로 손님들을 맞아들였다.

그녀는 남편과 거의 같은 연배였지만 그보다 훨씬 살이 쪘는데, 그러면서도 뚱뚱한 여자라는 느낌은 주지 않았다. 뼈대가 워낙 튼튼하고 살가죽이 두꺼웠으며, 회색 원피스도 전체적인 인상을 별로 부드럽게 만들어 주지 않았다. 그녀는 기계적인 동작으로 앞치마를 풀었다.

그들이 들어간 방은 시골풍의 식당으로, 아마 거실을 겸한 듯했다. 물건들이 마치 가구점 진열창에서처럼 정돈되어 있었다. 무엇 하나 흐트러진 것이 없었다. 파이프나 담뱃갑, 바느질거리, 신문 등 실제로 사람이 사는 방 같은 느낌이 들게 해줄 물건들이 무엇 하나 눈에 띄지 않았다. 그녀는 그들에게 앉으라고 권하는 대신, 리놀륨 바닥을 더럽히지는 않을까 신경이 쓰이는 듯 그들의 신발에 눈길을 던졌다.

「말씀해 보세요.」

「부군 성함이 루이 투레 맞습니까?」

그녀는 그들이 찾아온 목적을 알아내려는 듯 눈썹을 찌푸리며 그렇다는 표시를 해보였다.

「직장이 파리에 있지요?」

「봉디가에 있는 카플랑&자냉사(社)의 부지배인이에요.」

「창고 관리인으로 일한 적은 없나요?」

「전에는 그랬지요.」

「오래전인가요?」

「몇 년 됐어요. 당시에도 사실 그이가 회사를 돌아가게 한 거나 마찬가지였지만.」

「혹시 사진이 있습니까?」

「왜요?」

「확실히 하려고요……」

「뭘 확실히 한다는 거지요?」

그녀는 점점 더 의심에 찬 태도가 되었다.

「루이에게 사고가 났나요?」

그녀는 기계적인 눈길로 부엌 시계를 바라보았다. 이 시각이면 남편이 어디쯤 오고 있을지 따져 보는 듯했다.

「일단 신원 확인이 필요합니다.」

「식기장 위에 있어요.」

그 위에는 금속제 틀에 끼운 사진이 대여섯 장 있었는데, 그중에는 젊은 처녀의 사진과 막다른 골목에서 칼에 찔려 죽은 남자의 사진도 있었다. 남자는 검은 양복을 입고 있었고, 조금 더 젊어 보였다.

「부군에게 혹시 원한 있는 사람이 있었습니까?」

「그 사람한테 원한이라니요?」

그녀는 잠시 부엌으로 건너가더니 가스 불을 끄고 돌아왔다. 뭔가 불 위에서 끓고 있었던 모양이었다.

「보통 몇 시쯤 퇴근합니까?」

「항상 같은 기차를 타요. 리옹 역에서 6시 22분에 출발하는 거요. 딸아이는 그다음 기차를 타고요. 그 애는 일이 조금 더 늦게 끝나거든요. 신임을 받는 위치에 있어서……」

「저희와 함께 파리에 가주셔야겠습니다.」

「루이가 죽었나요?」

그녀는 그들을 쳐다보았다. 자기한테 거짓말을 하면 가만두지 않겠다는 눈길이었다.

「사실대로 말해 주세요.」

「오늘 오후에 피살되었습니다.」

「대체 어디서요?」

「생마르탱 대로의 한 막다른 골목에서요.」

「그 사람이 거긴 뭐 하러 갔지요?」

「저희도 모릅니다.」

「몇 시쯤에요?」

「4시 반 조금 넘어서였던 것으로 추정됩니다.」

「4시 반이면 카플랑에 있을 시간인데. 회사에는 얘기
해 보셨나요?」

「그럴 시간이 없었습니다. 게다가, 거기서 일한다는 것
도 몰랐고요.」

「대체 누가 죽였지요?」

「수사하는 중입니다.」

「그 사람 혼자였나요?」

매그레는 짜증이 나기 시작했다.

「그냥 저희와 함께 갈 준비를 하시는 게 어떻습니까?」

「그 사람을 어떻게 했어요?」

「지금은 법의학 연구소로 옮겨졌습니다.」

「그게 영안실인가요?」

대체 뭐라고 대답해야 할지?

「딸아이한테는 어떻게 알리지요?」

「메모를 남겨 두시지요.」

그녀는 생각하는 눈치였다.

「아뇨. 동생 집에 들러서 열쇠를 맡겨야겠어요. 동생이 여기 와서 모니크를 기다리게 말이에요. 딸아이도 만나 보셔야 하나요?」

「되도록이면요.」

「그 애가 어디로 찾아가야 하나요?」

「제 사무실로요. 오르페브르 강변로, 경찰청 수사국입니다. 그게 편하겠지요. 따님은 몇 살입니까?」

「스물둘이요.」

「전화 연락은 안 됩니까?」

「일단 저희 집에는 전화가 없고요. 그 애도 벌써 사무실을 나와 역으로 가고 있을 거예요. 준비하고 올 테니 잠깐 기다리세요.」

그녀는 계단을 올라갔다. 층계들이 삐걱거리는 것은 낡아서가 아니라 판자가 너무 얇은 탓이었다. 온 집이 싸구려 자재로 지어진 듯한 인상을 주었다. 낡을 정도로 오래 버티지도 못할 것이었다.

두 남자는 머리 위쪽에서 오가는 발소리를 들으며 서로 마주 보았다. 아마도 검은 옷으로 갈아입고, 머리도 빗는 모양이었다. 그녀가 아래층으로 내려오자 그들은 또다시 시선을 교환했다. 그들의 생각이 옳았다. 그녀는 이미 상복을 차려입고, 오드콜로뉴 냄새까지 풍기고 있었다.

「전깃불을 다 끄고 계량기도 꺼야 하니 잠깐만 기다리세요. 나가서 기다리시든가요.」

작은 차 앞에서 그녀는 잠시 주저하는 눈치였다. 자기까지 앉을 자리가 있을까 싶은 모양이었다. 옆집에서 누군가 내다보고 있었다.

「동생네는 여기서 두 골목 떨어진 데 살아요. 오른쪽으로 돈 다음 왼쪽에서 두 번째 골목이에요.」

자매의 두 집은 쌍둥이라 해도 될 만큼 똑같았다. 다른 점이라고는 현관문에 끼운 유리 색깔뿐이었다. 이 집 현관 유리는 짙은 노란색이었다.

「곧 나올게요.」

하지만 거의 15분은 족히 걸렸다. 자동차를 향해 다가오는 그녀는 다른 여자와 함께였는데, 두 사람은 생김새가 완전히 똑같았고, 두 번째 여자도 상복 차림이었다.

「동생을 데리고 갈게요. 좀 끼어 앉으면 될 거예요. 제부가 우리 집으로 가서 딸아이를 기다리기로 했어요. 마침 쉬는 날이라서요. 철도원이거든요.」

매그레는 운전기사 옆으로 옮겨 앉았다. 뒷좌석에 두 여자가 앉으니 상토니 형사의 자리는 조금밖에 남지 않았다. 여자들이 이따금씩 고해소에서같이 속살거리는 소리가 들려왔다.

오스테를리츠 다리 근처의 법의학 연구소에 도착해 보니, 루이 투레의 시신은 매그레의 지시대로 아직 옷 입은 채로 석판 위에 뉘어 있었다. 매그레는 시신의 얼굴에 덮인 천을 걷어 내며 여자들을 지켜보았다. 두 여자 모두 환한 데서 보기는 처음이었다. 조금 전 어두운 길에서는 두 여자가 쌍둥이인가 했는데, 밝은 데서 자세히 보니 동생 쪽은 서너 살 더 젊고 몸매에도 아직 부드러운 데가 남아 있었다. 필시 오래가지는 못하겠지만.

「알아보시겠습니까?」

투레 부인은 손수건을 들고 있었지만 눈물은 흘리지 않았다. 동생이 언니를 위로하려는 듯 팔을 붙들었다.

「예, 루이 맞아요. 불쌍한 루이. 오늘 아침 집을 나설 때만 해도 생각지도 않았던……」

그러더니 불쑥 말했다.

「눈을 감겨 주지 않나요?」

「이제, 부인께서 감겨 주시지요.」

그녀는 동생을 돌아보았다. 마치 둘 중 누가 그 일을 해야 할지 망설이는 듯했다. 마침내 부인 쪽이 나섰다. 엄숙한 데가 없지 않은 태도로 나직이 중얼거리면서.

「불쌍한 루이.」

하지만 다음 순간, 그녀는 시신을 덮은 시트 밖으로 삐져나와 있는 구두를 보더니 눈살을 찌푸렸다.

「저건 뭐지요?」

매그레는 얼른 알아듣지 못했다.

「누가 저런 구두를 신겨 놨어요?」

「발견되었을 때 신고 있던 구두 그대로입니다.」

「말도 안 돼요. 루이는 누런 구두 같은 건 신어 본 적이 없어요. 적어도 제 남편이 된 후 스물여섯 해 동안은요. 제가 허락하지 않으리라는 걸 잘 알고 있었으니까요. 너도 알지, 잔?」

잔은 자기도 안다는 표시를 해 보였다.

「입은 옷은 본인 것이 맞는지도 확인해 보시는 게 좋겠군요. 그 사람이라는 건 확실합니까?」

「그건 틀림없어요. 하지만 저 구두는 아니에요. 날마다 제가 구두를 닦고 약칠을 하는데, 잘못 알 리가 없잖아요? 오늘 아침에도 검정 구두를 신고 나갔어요. 일하러 갈 때 신는 이중 밑창이 달린 걸로.」

매그레는 시트를 완전히 걷어 냈다.

「외투는 본인 겁니까?」

「맞아요.」

「양복은요?」

「양복도요. 하지만 넥타이는 그 사람 게 아니네요. 저렇게 야한 넥타이는 매본 적이 없어요. 저건 거의 빨간색인데요.」

「부군께서는 규칙적인 생활을 하셨나요?」

「규칙적이고말고요. 여기 제 동생에게 물어보세요. 아침이면 길모퉁이에서 버스를 타고 쥐비지 역에 가서 8시 17분 기차를 탔지요. 매일 옆집의 보두앵 씨와 함께 통근했답니다. 세무서에 다니는 분이지요. 리옹 역에서 내린 다음 지하철을 타고 생마르탱 역에서 내렸고요.」

법의학 연구소 직원이 매그레에게 눈짓을 했다. 매그레는 그 뜻을 알아차리고는 두 여자를 옆 탁자로 데려갔다. 거기에는 고인의 호주머니에서 나온 소지품들이 정리되어 있었다.

「이 물건들을 알아보시겠습니까?」

시곗줄이 달린 은시계가 하나, 이름이 새겨져 있지 않은 손수건 한 장, 뜯어진 골루아즈 담뱃갑, 라이터, 열쇠, 그리고 지갑. 푸르스름한 종잇조각 두 개.

그녀의 눈길이 가장 먼저 향한 것은 그 종잇조각들이었다.

「영화표네요.」 그녀는 말했다.

매그레는 그것을 집어 들어 보았다.

「본누벨 대로에서 하는 뉴스 영화군요. 제가 숫자를 제대로 읽은 거라면, 바로 오늘 걸요.」

「말도 안 돼요. 너도 들었지, 잔?」

「제 생각에도 이상하네요.」 동생은 침착한 음성으로

말했다.

「지갑의 내용물도 살펴보시겠습니까?」

그녀는 지갑을 뒤져 보며 다시금 눈살을 찌푸렸다.

「오늘 아침 루이는 이렇게 많은 돈을 갖고 있지 않았어요.」

「확실합니까?」

「날마다 집을 나설 때는 제가 지갑에 돈이 있는지 확인하거든요. 항상 천 프랑짜리 하나, 백 프랑짜리 두세 장이 고작이지요.」

「회사에서 돈을 좀 받았을 수도 있지 않나요?」

「아직 월말이 아닌데요.」

「저녁에 집에 돌아가면 항상 돈 계산을 해두었습니까?」

「지하철 표랑 담뱃값밖에는 쓰지 않았어요. 기차는 정기권을 사두니까요.」

그녀는 지갑을 자기 핸드백에 넣으려다 머뭇거렸다.

「아직 이게 필요하신가요?」

「당분간은요.」

「제가 가장 이해가 안 가는 것은, 구두와 넥타이가 바뀌었다는 거예요. 그리고 회사에 있어야 할 시간에 이런 일이 일어났다는 거랑.」

매그레는 아무 대꾸도 하지 않고, 그녀에게 행정적인 서류들에 서명하게 했다.

「이제 집으로 돌아가십니까?」

「시신은 언제 가져갈 수 있나요?」

「아마 하루 이틀 걸릴 겁니다.」

「부검을 하나요?」

「수사 판사의 결정에 따라서는 그럴 수도 있습니다. 아직 모릅니다.」

그녀는 손목시계를 들여다보았다.

「20분 후에 출발하는 기차가 있어.」 그녀는 동생에게 말했다. 그리고 매그레를 향해 물었다.

「저희를 역에 내려 주실 수 있겠지요?」

「따님을 기다리시지 않고요?」

「그 애 혼자 돌아와도 돼요.」

그들은 여자들을 데려다주러 리옹 역에 들러야 했고, 쌍둥이 같은 두 여자가 돌계단을 올라가는 모습을 바라보았다.

「바늘 끝 하나 안 들어가겠어요!」 상토니가 중얼거렸다. 「그 사람도 사는 게 즐겁진 않았을 거 같은데요.」

「적어도 저 여자와는 좀 그랬겠지.」

「구두 얘긴 어떻게 생각하세요? 만일 새 구두라면 오늘 산 거라고도 생각할 수 있겠지만요.」

「감히 못 그랬을걸. 부인이 하는 말을 못 들었나?」

「야한 넥타이도요.」

「딸도 어머니와 닮았는지 궁금하군.」

그들은 곧장 오르페브르 강변로로 가지 않고, 저녁을 먹으러 브라스리[5]에 들렀다. 매그레는 아내에게 몇 시쯤 귀가하게 될지 알 수 없다고 전화를 해두었다.

브라스리에서도 겨울 냄새가 났다. 옷걸이마다 축축한 외투와 모자들이 걸려 있고 검은 유리창에는 두터운 김이 서려 있었다.

수사국 문을 들어서는데, 수위가 매그레에게 귀띔을 했다.

「젊은 여자가 반장님을 찾더군요. 부르신 것 같기에 올려 보냈습니다.」

「온 지 오래됐나?」

「20분쯤이요.」

안개는 어느새 가랑비로 바뀌어 있었고, 중앙 계단의 먼지투성이 층계들이 젖은 발자국들로 얼룩져 있었다. 사무실들은 대개 비어 있었고, 드문드문 몇 개의 문 밑에서만 불빛이 새어 나오고 있었다.

「저도 같이 갈까요?」

매그레는 고개를 끄덕였다. 기왕 상토니를 데리고 나섰으니, 끝까지 함께 수사하는 편이 나을 것이었다.

대기실의 안락의자 중 하나에 젊은 여자가 앉아 있었

5 맥주와 간단한 식사를 판매하는 주점.

다. 밝은 청색의 모자가 먼저 눈에 띄었다. 방에는 불이 제대로 켜져 있지 않았고, 침침한 가운데 사환 소년이 석간신문을 읽고 있었다.

「반장님을 찾아왔어요.」

「알고 있어.」

그러고는 젊은 여자를 향해 말했다.

「투레 양인가요? 제 사무실로 함께 가실까요?」

녹색 갓이 달린 스탠드에 불을 켜자, 불빛은 여자를 앉힌 맞은편 의자를 비추었다. 운 듯한 얼굴이었다.

「이모부한테 들었어요. 아버지가 돌아가셨다고.」

그는 금방 대꾸하지 않았다. 이 아가씨도 자기 어머니처럼 손수건을 들고 있었는데, 그것을 둥글게 뭉친 채 손가락으로 연신 주무르고 있었다. 매그레가 어렸을 때 반죽 덩어리를 가지고 하던 것처럼.

「어머니도 여기 계실 줄 알았는데요.」

「귀가하셨습니다.」

「어머니는 어떠세요?」

뭐라고 대답해야 할지?

「어머니께서는 아주 의연하시더군요.」

모니크는 예쁜 편이었다. 자기 어머니와는 별로 닮지 않았지만, 억센 골격만은 어머니와 같았다. 하지만 살결이 아직 젊고 덜 굳어져서인지 그런 억센 점은 잘 드러나지 않았다. 재단이 잘 된 슈트를 입고 있다는 것이 다소 놀라웠다. 손수 만들지는 않았을 텐데, 그렇다고 싸구려 백화점에서 산 것 같지도 않았기 때문이다.

「대체 어떻게 된 거예요?」 마침내 그녀는 속눈썹 사이에 물기를 조금 비치면서 물었다.

「아버님께서는 칼에 찔려 돌아가셨습니다.」

「언제요?」

「오늘 오후, 4시 30분에서 45분 사이였을 겁니다.」

「말도 안 돼요…….」

이 젊은 여자가 진실하지만은 않게 느껴지는 것은 왜일까? 어머니 쪽에서도 못 믿겠다는 식의 반응이기는 했지만, 그야 그녀의 성격에 비추어 보면 이해할 만한 일이었다. 사실상, 투레 부인에게는 남편이 생마르탱 대로의 막다른 골목에서 살해당했다는 사실 자체가 불명예스러운 일이었다. 그녀는 자신뿐 아니라 온 가족의 삶을 다스려 왔는데, 남편의 그런 죽음은 그녀가 정해 놓은 틀에 맞지 않는 것이었다. 더구나 시신은 누런 구두를 신고 거의 붉은 빛깔에 가까운 넥타이를 맨 차림으로 발견되었으니!

하지만 모니크 쪽은 무엇인가 드러날 것을 두려워하는 듯, 질문을 경계하는 태도였다.

「아버지를 잘 아십니까?」

「글쎄요……. 그야 물론…….」

「물론 누구나 자기 부모를 알기는 하지요. 제가 묻는 것은, 아버지와 서로 신뢰하는 사이였는가, 아버지 쪽에서 따님께 속내를 터놓는 사이였는가 하는 겁니다.」

「좋은 아버지셨어요.」

「행복하셨나요?」

「그랬을걸요.」

「파리 시내에서 가끔 만나기도 했나요?」

「무슨 말씀이세요? 길에서 마주친 적이 있냐고요?」

「두 분 다 시내에서 일을 하시잖습니까. 같은 기차를 타지 않는다는 것은 이미 알고 있습니다만.」

「출근 시간이 항상 달라서요.」

「점심시간에도 만날 수 있었겠지요.」

「예, 가끔은.」

「자주 만났습니까?」

「아뇨. 어쩌다가요.」

「회사로 찾아간 적도 있나요?」

그녀는 잠시 주저했다.

「아뇨. 식당에서 만났어요.」

「아버지께 전화를 해서요?」

「그런 적은 없는 것 같은데요.」

「마지막으로 점심을 함께한 것이 언제였습니까?」

「몇 달 됐어요. 휴가 전에요.」

「어디서요?」

「쇼프 알자시엔이요. 세바스토폴 대로에 있는 식당이에요.」

「어머니도 아시나요?」

「말씀드린 적이 있는 것도 같지만, 잘 생각 안 나요.」

「아버지는 명랑한 성격이었습니까?」

「그런 편이었다고 생각해요.」

「건강도 좋으셨고요?」

「편찮으셨던 적은 없어요.」

「친구분들은?」

「주로 이모들, 이모부들이랑 가깝게 지냈어요.」

「이모가 많나요?」

「이모 두 분, 이모부 두 분이요.」

「모두 쥐비지에 사시고요?」

「예. 저희 집에서 멀지 않아요. 잔 이모와 알베르 이모부, 이분이 제게 아버지 소식을 알려 주셨지요, 그리고 셀린 이모와 쥘리앵 이모부는 조금 먼 데 살고요.」

「이모부들은 무슨 일을 하시나요?」

「두 분 다 철도원이에요.」

「애인은 있습니까, 모니크 양?」

그녀는 조금 움찔했다.

「지금은 그런 얘기를 할 때가 아닌 것 같은데요. 아버지를 봐야 하나요?」

「무슨 뜻입니까?」

「이모부 말씀이, 시신을 확인해야 한다고 해서요.」

「그건 어머니와 이모께서 이미 하셨습니다. 하지만, 원하신다면야…….」

「아뇨. 집에서 보는 게 나을 것 같아요.」

「한 가지만 더요, 모니크 양. 파리에서 아버지를 만났을 때, 혹시 누런 구두를 신고 계신 적이 있었나요?」

그녀는 금방 대답하지 않았다. 뜸을 들이듯, 그녀는 되물었다.

「누런 구두요?」

「밝은 갈색이라고나 할까요. 이런 표현이 어떨지 모르지만, 한때 〈거위똥색〉이라고도 했었지요.」

「잘 모르겠는데요.」

「붉은 넥타이를 매신 것도 본 적이 없나요?」

「없어요.」

「영화관에 간 지 오래됐습니까?」

「어제 오후에 갔었어요.」

「파리에서?」

「쥐비지에서요.」

「더 오래 붙잡지 않겠습니다. 기차 시간에 늦으면 안 되겠지요…….」

「35분 후에 출발하는 게 있어요.」

그녀는 손목시계를 들여다보고는 자리에서 일어나 잠깐 머뭇거렸다.

「안녕히 계세요.」 그녀는 마침내 말했다.

「안녕히 가십시오, 투레 양. 감사합니다.」

매그레는 문간까지 그녀를 배웅하고는 문을 닫았다.

2
사자코 노처녀

매그레는, 딱히 이유를 생각해 본 적은 없었지만, 그랑 불바르 지역 중에서도 레퓌블리크 광장과 몽마르트르가 사이가 늘 마음에 들었었다. 말하자면 자기 본거지라는 느낌이었다. 거의 매주 아내와 함께 팔짱을 끼고 걸어서 가는 동네 영화관도 본누벨 대로에 있었는데, 루이 투레 가 살해당한 막다른 골목에서 불과 몇백 미터 떨어진 곳 이었다. 그 바로 맞은편에는 그가 슈크루트[6]를 먹으러 가 곤 하는 브라스리도 있었다.

조금 더 멀리, 오페라와 마들렌 방면의 대로들은 훨씬 더 널찍하고 우아했다. 반면, 생마르탱 문과 레퓌블리크 광장 사이의 대로는 분위기가 다소 어두운 밀집 지역으 로, 너무나 혼잡해서 가끔 현기증이 날 지경이었다.

흐린 아침이었다. 어제보다 습기는 덜하지만 더 쌀쌀

6 양배추를 소금물에 발효시켜 만드는 프랑스 요리.

해졌다. 그는 8시 반경에 집에서 나온 지 채 15분이 못 되어 봉디가[7]가 르네상스 극장 앞에서 대로들과 만나 작은 광장을 이루는 곳에 이르렀다. 투레 부인의 말에 따르면, 루이 투레가 평생 일했고 어제도 출근했다는 카플랑&자냉사가 거기 있었다.

알아낸 주소를 찾아가 보니 아주 낡고 이지러진 건물로, 활짝 열린 정문 주위에 붙어 있는 흑백 간판들에는 매트리스 제작자, 타자기 교습, 펜 가게(왼쪽, 계단 A), 집달리, 전문 안마사 등등이 적혀 있었다. 정문 아치 아래로 난 수위실에서, 늙수그레한 수위 여자가 우편물을 분류하는 중이었다.

「카플랑&자냉사는 어딥니까?」 매그레가 물었다.

「그 회사 문 닫은 지가 다음 달이면 3년이에요.」

「그 당시에도 이 건물에 계셨습니까?」

「이번 12월이면 만 26년이라우.」

「그럼 혹시 루이 투레라고 아시는지?」

「알다마다! 그 사람 어떻게 됐어요? 못 본 지 벌써 네댓 달이구먼요.」

「죽었습니다.」

그녀는 우편물을 정리하던 손을 멈추었다.

「그렇게 건강한 사람이! 대체 어떻게요? 심장이, 제 남

7 오늘날의 르네불랑제가. 생마르탱 대로의 뒷길이다.

편도……」

「칼에 찔려 죽었어요. 어제 오후에. 여기서 멀지 않은 곳에서.」

「아직 신문을 못 봤네요.」

하지만 그 일은 그저 사회면의 잡보로 몇 줄 실려 있을 뿐이었다.

「그렇게 착한 사람을 대체 누가 죽일 생각을 했을까요?」

그녀 역시 체구가 작고 활발한, 선량한 여자였다.

「20년 이상 하루 네 번씩 이 수위실 앞을 지나다녔는데, 한 번도 내게 친절한 인사를 빠뜨린 적이 없어요. 카플랑 씨가 회사를 닫는 바람에, 충격이 너무 커서……」

그녀는 눈시울을 닦고 코를 풀었다.

「카플랑 씨는 아직 살아 있습니까?」

「원하신다면 주소를 드릴 수 있어요. 마요 문 근처, 아카시아 가에 살아요. 그분도 좋은 분이지만, 그래도 좀 다르지요. 카플랑 영감님도 아마 아직 살아 있을 거예요.」

「뭘 파는 회사였습니까?」

「카플랑사를 모르세요?」

그녀는 카플랑&자냉사를 모르는 사람도 있다는 데 놀라는 눈치였다. 매그레가 말했다.

「경찰에서 나왔습니다. 투레 씨에 관한 일은 뭐든지 조사해야 합니다.」

「다들 그냥 루이 씨라고 불렀어요. 성은 모르는 사람이 더 많았을걸요. 잠깐만 기다려 보세요…….」

남은 우편물을 마저 정리하면서, 그녀는 혼잣말처럼 중얼거렸다.

「루이 씨가 살해되다니! 대체 누가 그런 일을 생각이나 했을까! 그렇게 착한 사람을…….」

우편물 정리를 마치자 그녀는 어깨에 양모 숄을 두르고는 난로의 불구멍을 반쯤 닫았다.

「직접 보여 드리지요.」

정문 아치를 지나며 그녀는 설명했다.

「3년 전에 이 건물을 헌다는 말이 있었어요. 영화관을 짓는다면서요. 당시 입주자들한테는 철거령이 내렸고, 저도 니에브르에 있는 딸네 집에 가서 살기로 되었지요. 카플랑 씨도 그 때문에 사업을 접은 거고요. 아마 장사가 전처럼 잘되지 않은 탓도 있겠지만요. 젊은 카플랑 씨, 우리는 다들 막스 씨라고 불렀지만, 하여간 그분은 아버지와는 생각이 많이 달랐지요. 자, 이쪽으로…….」

아치가 끝나는 곳에 안뜰이 있고, 뜰 안쪽에 큼직한 건물이 하나 있었다. 지붕에 유리를 끼운 것이 마치 역사(驛舍)처럼 보였다. 초벌로 칠한 벽 위에 〈카플랑&자냉〉이라는 글자가 희미하게 남아 있었다.

「자냉 쪽 사람들은 26년 전 제가 여기 처음 왔을 때도 이미 볼 수 없었어요. 그 무렵엔 카플랑 영감님 혼자서 사업을 했는데, 길 가던 아이들도 돌아볼 정도로 마왕 같은 풍모였답니다.」

　문은 잠겨 있지 않았다. 빗장도 떨어져 나가고 없었다. 이제 이렇게 폐가가 되었지만, 불과 몇 년 전만 해도 루이투레에게는 삶의 터전이 되어 주었던 것이다. 예전 모습이 어떠했을지 정확히 그려 보기는 어려운 일이었다. 휑하게 넓은 실내에, 머리 위 높직한 지붕에는 유리가 반쯤은 깨져 있었고, 나머지 반은 더 이상 투명하지 않았다. 마치 백화점처럼 벽을 따라 회랑이 두 층으로 나 있었고, 선반을 떼어 낸 자국들이 보였다.

　「그 사람이 잠깐씩 저를 찾아올 때마다……」

　「자주 왔습니까?」

　「두세 달에 한 번은 왔을 거예요. 매번 뭔가 먹을 것을 사 들고 왔지요……. 제 말은, 루이 씨가 여기 올 때마다, 마음이 무거운 듯했다는 거예요. 한때는 포장하는 아가씨들만 스무 명 이상인 적도 있었고, 축제 시즌이 되면 야간작업도 했어요. 카플랑 씨는 직접 대중을 상대로 장사하는 게 아니라, 시골의 시장, 행상, 노점상 등을 상대로 했지요. 상품들이 워낙 많아서, 물건들 사이로 간신히 지나다닐 정도였는데, 무슨 물건이 어디 있는지 아는 사람은 루이 씨뿐이었답니다. 정말이지 오만 잡동사니가 다 있었지요. 가짜 수염에서부터 마분지로 된 나팔, 크리스마스트리에 다는 오색 방울, 카니발에 쓰는 색종이 테이프, 가면, 해변에서 파는 기념품까지.」

「루이 씨는 창고 관리인이었다고요?」

「그래요. 회색 작업복을 입고 일했지요. 저기 오른쪽 구석에, 유리창이 크게 난 방이 젊은 카플랑 씨의 사무실이었어요. 영감님이 처음 발작을 일으켜 회사에 나오지 못하게 되자 아드님이 대신 나왔지요. 타자수인 레온 양도 있었고, 2층 골방에는 나이 든 경리도 있었고. 회사를 닫게 될 줄이야 아무도 몰랐지요. 그런데 10월? 11월? 정확한 기억은 없지만 아무튼 벌써 추워진 다음이었는데, 막스 카플랑 씨가 직원들을 모아 놓고 회사를 닫는다고, 재고를 인수할 사람을 이미 구해 놓았다고 발표하더군요. 그때만 해도, 이듬해에는 건물을 모두 허물고 영화관을 짓게 될 거라고들 했지요.」

매그레는 수위 여자의 말에 귀를 기울이는 한편, 주위를 둘러보며 회사가 한창 성업 중이던 때를 그려 보았다.

「건물 앞부분도 모두 허물 거라고들 했어요. 모든 입주자는 철거령을 받았고, 몇몇은 실제로 떠났지요. 어떤 이들은 그래도 남아 있었고, 결국 지나고 보니 남은 이들이 옳았지요. 아직도 그대로 있으니까요. 다만, 건물이 팔렸는데 새 주인들은 수리를 해주려 하지 않아요. 무슨 소송을 이렇게 오래 끄는 건지 원. 집달리는 거의 매달 찾아오지요. 저도 두 번이나 짐을 쌌었답니다.」

「투레 부인과도 알고 지내십니까?」

「본 적도 없어요. 교외에 산다지요. 쥐비지인가…….」

「아직 거기 삽니다.」

「벌써 만나셨군요? 어떤 사람이에요?」

매그레는 대답 대신 쓴웃음을 지었고, 그녀는 알아들었다.

「그럴 줄 알았어요. 그 사람은 가정생활이 별로 행복한 것 같지 않았어요. 그 사람 인생은 여기 있었지요. 제가 늘 말하지만, 폐업 때문에 가장 큰 충격을 받은 건 그 사람이에요. 특히 그 사람은 벌써 나이가 있어서 다른 직장을 구하기도 어려웠거든요.」

「당시 그는 몇 살이나 되었습니까?」

「마흔다섯 아니면 여섯이었을 거예요.」

「그 후에 무슨 일을 했는지도 아십니까?」

「직접 말해 준 적은 없어요. 힘든 시절도 있었겠지요. 한동안은 통 오지 않았어요. 한번은 급히 장을 보러 가다가, 벤치에 앉아 있는 그 사람을 보았지요. 금방 눈에 띄었어요. 대낮에 그런 사람이 있을 곳이 아니었으니까요. 무슨 말인지 아시지요? 하마터면 말을 걸 뻔했는데, 그 사람이 당황할 수도 있다는 생각에 일부러 빙 둘러서 갔지요.」

「회사가 문을 닫은 지 얼마나 되었을 때였습니까?」

유리 지붕 아래 공기는 안뜰에서보다 더 싸늘했다. 그
녀가 제안했다.

「수위실에 가서 몸을 좀 녹이지 않으시겠어요? 얼마나
지났었는지는 잘 모르겠어요. 아직 봄은 아니었던 것 같
아요. 나뭇잎이 새로 나기 전이었으니까요. 아마 겨울이
끝나 갈 무렵이었을 거예요.」

「그럼 언제 다시 만났습니까?」

「한참 만에, 한여름에요. 가장 놀란 것은 그가 거위똥색
구두를 신고 있었다는 거예요. 왜 그런 얼굴로 보세요?」

「아무것도 아닙니다. 말씀 계속하세요.」

「그답지 않은 일이었어요. 전에는 검정 구두를 신은 것
밖에 본 적이 없었는데. 그런 차림으로 수위실에 들어와
서 탁자 위에 작은 꾸러미를 내려놓았어요. 금색 리본으
로 묶은 하얀 꾸러미였는데, 초콜릿이 들어 있더군요. 그
사람은 여기 이 의자에 앉았고, 저는 커피를 대접하고는
그 사람에게 수위실을 맡기고 길모퉁이 가게에 가서 칼
바도스 작은 병을 하나 사 왔지요.」

「그는 무슨 이야기를 했습니까?」

「별다른 얘긴 없었어요. 이곳 공기를 다시 마시니 기분
이 좋은 것 같더군요.」

「그즈음 어떻게 살고 있다는 얘기는 안 하던가요?」

「제가 물어봤지요. 잘 지내느냐고. 그랬더니 그렇다고 하더군요. 하여간 더 이상 시간 맞춰 출근할 필요는 없는 듯했어요. 왜냐하면 그때가 10시나 11시쯤이었으니까요. 또 한번은 오후에 온 적도 있는데, 밝은 색깔 넥타이를 매고 있더군요. 제가 좀 놀렸지요. 젊어지는 것 같다면서요. 그런다고 화를 낼 사람도 아니었거든요. 그러고는 그 사람 딸 얘기를 했어요. 직접 만나 본 적은 없지만, 아이가 태어난 지 얼마 안 되었을 때부터 줄곧 사진을 보여 주었거든요. 아이가 태어난 걸 그토록 자랑스럽게 여기는 남자도 잘 없을 거예요. 그 사람은 만나는 사람한테마다 자기 딸 자랑을 하고, 주머니에는 항상 아이 사진을 넣고 다녔지요.」

시신은 모니크의 최근 사진이 아니라 아기 때의 사진을 지니고 있었다.

「아시는 건 그게 전부입니까?」

「제가 뭘 알겠어요? 저야 아침부터 저녁까지 수위실에 갇혀 지내는데요. 카플랑사가 문을 닫고 2층 미용사가 나가면서부터 이곳에는 활기라고는 없어졌어요.」

「그 사람한테도 그런 말을 했습니까?」

「그럼요. 별의별 얘기를 다 했지요. 하나둘 떠나 버린 입주자들에 대해서, 소송에 대해서, 이따금씩 나타나는

44

건축가들에 대해서…… 벽들이 다 무너져 가는 동안, 그 굉장한 영화관 설계 작업을 한다는 사람들 말이에요.」

딱히 비아냥거리는 어조는 아니었다. 그래도 필시 그녀가 이 건물을 떠나는 마지막 사람이 되리라는 사실은 짐작할 수 있었다.

「그런데 대체 어떻게 된 거지요?」 이번에는 그녀가 물었다. 「고통이 심했을까요?」

투레 부인도 모니크도 하지 않은 질문이었다.

「의사 말로는 아니랍니다. 즉사한 것 같다고.」

「어디서요?」

「여기서 멀지 않아요. 생마르탱 대로의 한 막다른 골목에서요.」

「보석상 근처요?」

「그렇지요. 어둑어둑해질 무렵에 누군가 그를 미행하다가, 등 뒤에서 칼로 찌른 모양이에요.」

매그레는 전날 저녁 자기 집에서, 또 오늘 아침에도 법의학 연구소로 전화했었다. 문제의 칼은 흔한 상표의 평범한 칼로, 어느 철물점에 가나 구할 수 있는 것이었다. 새것이었고, 지문은 발견되지 않았다.

「불쌍한 루이 씨! 그렇게나 열심히 살았는데!」

「명랑한 사람이었나요?」

「우울한 사람은 아니었지요. 어떻게 설명하면 좋을지

모르겠네요. 누구한테나 상냥했고, 뭔가 친절한 말로 관심을 표하곤 했어요. 그러면서도 자기를 알아 달라는 것도 아니었고요.」

「여자들한테 관심이 많았나요?」

「천만에요! 하지만 맘만 먹는다면 얼마든지 바람을 피울 수 있는 위치에 있었지요. 막스 씨와 늙은 경리를 제외하면 그 회사에 남자라고는 그 사람뿐이었으니까요. 게다가 포장 사원으로 일하는 여자들은 품행이 그리 단정치 못했고요.」

「술은 좀 마셨나요?」

「다들 하듯이 포도주 한잔씩 하는 정도였지요. 푸스카페[8]를 조금 마실 때도 있었고.」

「점심은 어디서 먹었습니까?」

「점심시간에도 회사 밖으로 나가지 않았어요. 점심을 싸 왔지요. 그 밀랍 먹인 도시락 보가 아직도 생각나네요. 탁자 한구석에서 선 채로 그걸 먹은 다음, 안뜰에 나와 파이프를 한 대 피우고 다시 일터로 돌아갔지요. 이따금씩 나와서 딸과 약속이 있다며 나갈 때를 빼고는요. 하지만 그것도 회사가 문을 닫기 전 잠깐이었어요. 그 딸이 다 큰 아가씨가 되어 리볼리가의 사무실에서 일하게 되었을 때니까요. 왜 한번 여기로 데려오지 않느냐고 물어

8 식후 커피 다음에 작은 잔으로 나오는 리큐어.

46

본 적도 있어요. 언젠가 데려오겠다고 약속했지만, 결국 그러지 않았지요. 왜 그랬나 모르겠어요.」

「타자수 레온 양과도 소식이 끊어졌습니까?」

「그럴 리가 있겠어요! 주소도 아직 갖고 있어요. 어머니와 함께 살지요. 더는 회사에 다니지 않고, 몽마르트르의 클리냥쿠르가에 작은 가게를 열었어요. 루이 씨 얘기라면, 저보다 그 아가씨가 더 자세히 알지도 몰라요. 그 사람은 레온 양도 보러 갔으니까요. 한번은 그에게 레온 양 얘길 했더니, 아기 용품을 판다고 하더군요. 참 얄궂지요.」

「뭐가요?」

「그녀가 아기 용품을 판다는 거 말이에요.」

사람들이 우편물을 찾으러 오기 시작했고, 매그레를 향해 의심쩍은 눈길을 던졌다. 아마 그도 그들을 내쫓으러 온 사람쯤으로 여기는 듯했다.

「감사합니다. 아마 다시 오게 될 겁니다.」

「대체 누구 소행인지 전혀 단서가 안 잡히나요?」

「전혀 없습니다.」 그는 솔직하게 말했다.

「그 사람 지갑을 훔쳐 갔나요?」

「아니오. 손목시계도 건드리지 않았습니다.」

「그렇다면 누구 다른 사람으로 착각한 건 아닐까요.」

클리냥쿠르가로 가려면 시내를 가로지르다시피 해야 할 판이었다. 매그레는 작은 바로 들어가서 전화실 쪽으로 갔다.

「누군가?」

「장비에입니다, 반장님.」

「새로운 소식은?」

「지시하신 대로, 다들 나갔습니다.」

즉, 파리의 구역들을 나눠 맡고 있는 형사 다섯 명이 철물점들을 뒤지기 시작했다는 말이었다. 상토니에게는 모니크 투레에 대해 뭐든 알아보라고 시켜 놓았다. 그는 아마도 리볼리가에서 제베르&바슐리에사 근처를 서성이고 있을 것이었다.

만일 쥐비지의 투레 부인에게 전화가 있다면, 그는 그녀에게 전화를 걸었을 것이었다. 지난 3년 동안에도 남편이 여전히 밀랍 먹인 도시락 보에 싼 점심을 가지고 출근했는지 알아보기 위해서 말이다.

「차를 좀 보내 주겠나?」

「어디 계십니까?」

「봉디가에. 르네상스 맞은편에서 날 태우면 되네.」

그는 그날 휴무인 장비에에게 생마르탱 대로의 상인들을 탐문해 보라는 지시를 하려다 말았다. 느뵈 형사가 맡은 일이었지만, 그런 일에는 운이 따르는 법이고 인원이 많을수록 좋았다.

그가 장비에에게 지시하지 않은 것은, 자기가 직접 가

볼 심산이었기 때문이다.

「다른 지시 사항은요?」

「신문사들에 사진을 보내게. 하지만 흔한 사건에 불과하다는 인상을 유지하도록.」

「알겠습니다. 차를 보내지요.」

수위 여자가 칼바도스 얘기를 한 데다가 날씨가 정말 추웠기 때문에, 그는 칼바도스를 한잔 마셨다. 그러고는 주머니에 손을 찌른 채 대로를 건너가 루이 씨가 피살된 막다른 골목을 흘긋 들여다보았다.

사건 기사가 워낙 눈에 뜨이지 않고 넘어간 덕분인지, 길바닥에 아직 핏자국이 있는지 들여다보거나 하는 사람은 아무도 없었다.

그는 잠시 보석상의 진열창 둘 중 하나 앞에 서서 가게 안을 들여다보았다. 남녀 점원 대여섯 명이 일하고 있었다. 별로 값비싼 보석을 파는 것 같지는 않았다. 진열된 물건은 대개 〈특가〉라는 표지가 붙어 있었다. 결혼반지, 가짜 다이아몬드, 어쩌면 진짜일지도 모를 다이아몬드, 자명종, 손목시계, 조잡한 괘종시계 등 각종 상품이 그득했다.

가게 안에서 매그레를 지켜보던 자그마한 노인이 그를 고객으로 보았는지 만면에 미소를 띠고 맞이하러 문간으로 다가왔다. 반장은 얼른 진열창에서 물러섰고, 몇 분 후에는 수사국 자동차에 몸을 실었다.

「클리냥쿠르가로 가세.」

그 동네는 좀 덜 소란스러웠지만, 그래도 서민층이 사는 동네이기는 매한가지였다. 레온 양의 가게는 〈베베 로즈〉라는 간판을 달고 있었는데, 말고기 푸줏간과 운전기사용 식당 사이에 끼어 눈에 잘 띄지도 않았다. 단골들만이 아는 작은 가게였다. 가게 뒷방에 한 노파가 무릎에 고양이를 올려놓은 채 안락의자에 앉아 있는 모습이 보였다.

그는 가게 안에 들어서면서 흠칫 놀랐다. 뒷방에서 손님을 맞이하러 나온 여자는 그가 막연히 상상했던 카플랑사의 타자수와 너무 달랐기 때문이다. 왜 그렇지? 그도 딱히 집어 말할 수는 없었다. 그녀는 펠트 덧신이라도 신고 있는 듯, 아무 소리도 내지 않고 조용히 움직이는 것이 마치 수녀 같았다.

그녀는 미소를 띠었지만, 입술을 움직이지 않은 채 얼굴 전체에 퍼져 나가는, 아주 온화하고 잔잔한 미소였다.

이런 여자의 이름이 레온[9]이라니 이상하지 않은가? 게다가 동물원에 잠든 늙은 사자처럼 크고 뭉툭한 코를 가졌다는 것은 더 이상하지 않은가?

「찾는 물건이 있으신가요, 손님?」

9 레온Léone이라는 이름의 어원은 〈사자leo〉이다.

그녀는 검은 옷을 입고 있었다. 얼굴도 손도 생기가 없고 야무지지 못했다. 안쪽 방에 있는 커다란 난로에서 평화로운 온기가 퍼져 나왔고, 계산대와 선반 위에는 섬세한 편물 제품, 하늘색과 분홍색 리본으로 장식된 꽃신들, 아기 모자들, 세례복 등이 놓여 있었다.

「수사국의 매그레 반장입니다.」

「예?」

「예전 동료 중 한 분인 루이 투레 씨가 어제 피살되었습니다.」

지금껏 그 소식에 가장 격한 반응을 보인 것은 그녀였다. 하지만 그녀는 울지 않았고, 손수건을 찾거나 입술을 깨물지도 않았다. 갑작스러운 충격에 굳어 버린 듯, 가슴속 심장이 멈춰 버린 듯한 얼굴이었다. 진작부터도 핏기 없던 입술이 마치 주위의 배내옷들만큼이나 새하얘지는 것이 보였다.

「너무 단도직입적으로 말씀드려 죄송합니다.」

그녀는 그에게 아무 유감도 없다는 뜻으로 고개를 저었다. 뒷방의 노파가 움직이는 기척이 났다.

「범인을 찾아내기 위해, 고인에 관한 모든 정보를 수집하는 중입니다.」

그녀는 잠자코 그의 말을 수긍했다.

「알아보니 고인과 가깝게 지내셨다고…….」

그 말에 그녀의 얼굴이 잠깐 밝아지는 듯했다.

「어떻게 그런 일이 일어났지요?」 그녀는 마침내 목이 메는 음성으로 물었다.

어렸을 때도 못생긴 소녀였을 것이고, 그렇다는 사실을 그녀 자신도 늘 알고 있었을 터였다. 그녀는 뒷방 쪽을 돌아보며 나직이 말했다.

「잠깐 앉으시겠어요?」

「어머니께서는……」

「엄마 앞에서는 다 말할 수 있어요. 귀가 전혀 안 들리시거든요. 누군가 사람이 있는 걸 보면 좋아하시죠.」

그는 통풍이 되지 않는 가게 안이 답답해서 숨이 막힐 지경이었지만 감히 내색하지 못했다. 두 여자는 평생 그곳에서 고인 물처럼 꼼짝도 않고 살아온 것이었다.

레온은 나이를 알 수 없는 얼굴이었다. 아마 쉰은 넘었을 것이고, 어쩌면 한참 넘었는지도 몰랐다. 그녀의 어머니는 적어도 여든은 되어 보였고, 새처럼 작고 똘망똘망한 눈으로 반장을 뚫어져라 바라보고 있었다. 레온의 그 크고 뭉툭한 코는 어머니를 닮지 않았으니, 아마도 아버지 쪽의 유전인 듯했다. 벽에 그의 확대한 사진이 걸려 있었다.

「봉디가의 수위실에 들렀다 오는 길입니다.」

「수위 아주머니도 놀라셨겠네요.」

「그렇지요. 고인을 좋게 보셨던 것 같습니다.」

「다들 그 사람을 좋아했어요.」

그 말을 하면서 그녀의 얼굴에는 다소 화색이 돌았다.

「참 좋은 사람이었지요!」 그녀는 서둘러 덧붙였다.

「회사가 문을 닫은 후에도 자주 만나셨다고요?」

「몇 번인가 여길 찾아왔었어요. 자주라고 할 것까진 없지만. 그는 무척 바빴는데, 저는 시내에서 좀 떨어져 사니까요.」

「최근에 그가 무슨 일을 했는지 아십니까?」

「한 번도 물어본 적은 없어요. 하지만 일이 잘되는 것 같았어요. 뭔가 자기 사업을 하는가 보다 했지요. 근무 시간에 구애되지 않는 걸로 봐서요.」

「함께 일하는 사람들에 대한 말은 없었습니까?」

「우린 주로 봉디가 시절의 얘기를 했어요. 카플랑 씨, 막스 씨, 재고 목록 같은 거요. 큰 사업이었고, 매년 천 가지 이상의 품목을 정리했거든요.」

그녀는 조금 머뭇거렸다.

「부인도 만나 보셨어요?」

「예, 엊저녁에요.」

「부인은 뭐라던가요?」

「어떻게 자기 남편이 사망 당시에 누런 구두를 신고 있었는지 모르겠다고 하더군요. 살인범이 구두를 바꿔 신졌을 거라고요.」

그녀도, 수위 여자처럼, 그의 구두를 눈여겨본 모양이었다.

「아뇨. 가끔 그런 구두를 신었어요.」

「봉디가에서 일하던 시절부터 말입니까?」

「아니, 그 후에요. 한참 후부터였어요.」

「한참이라면 얼마나 지난 후부터 말입니까?」

「한 1년쯤이요.」

「그가 그런 구두를 신은 것을 보고 놀라지 않으셨습니까?」

「놀랐지요. 평소의 차림새와 너무 달라서요.」

「어떻게 생각하셨습니까?」

「사람이 변했나 보다 했지요.」

「정말 변했던가요?」

「예전 같지 않았어요. 농담하는 것도 달랐고. 가끔씩 큰 소리로 웃기도 하고요.」

「전에는 그렇게 웃지 않았습니까?」

「그런 식은 아니었어요. 뭔가 변화가 일어난 것 같았어요.」

「여자가 생겼던 걸까요?」

그것은 잔인한 질문이었지만, 피할 수 없었다.

「어쩌면요.」

「당신에게는 털어놓지 않던가요?」

「아뇨.」

「당신을 좋아한 적은요?」

그녀는 황망히 부인했다.

「절대로요! 맹세해요! 꿈에도 그런 생각은 안 했을 거예요.」

고양이가 노파의 무릎을 떠나 매그레의 무릎 위로 뛰어올랐다.

「내버려 두세요.」 그녀가 고양이를 쫓으려 하자 그가 말했다.

그는 파이프를 한 대 피우고 싶었지만 참았다.

「카플랑 씨가 회사 문을 닫겠다고 한 건 여러분 모두에게 큰 타격이었겠군요?」

「그렇지요. 정말 그랬어요.」

「루이 투레 씨에게는 특히 그랬겠지요?」

「루이 씨가 회사 일에 가장 열심이었으니까요. 그 사람은 거기서 뼈가 굵었지요. 생각해 보세요. 열네 살에 사환으로 들어온 회사였으니.」

「그는 어디 출신입니까?」

「벨빌이요. 제게 말해 준 바로는, 홀어머니 슬하에서 자랐는데, 어머니가 직접 카플랑 영감님께 아들을 데리고 가 부탁했다더군요. 아직 반바지를 입던 시절이었대요. 학교에도 거의 다니지 못했지요.」

「어머니는 돌아가셨나요?」

「벌써 오래전이에요.」

그런데 그녀가 뭔가 숨기고 있는 듯한 느낌이 드는 것
은 무엇 때문일까? 그녀는 솔직하게 상대의 눈을 똑바로
바라보며 말했는데도, 그는 마치 그녀의 소리 없는 발소
리처럼 뭔가 말해지지 않은 것이 있다는 느낌을 떨칠 수
없었다.

「새 직장을 구하기가 쉽지 않았겠군요.」

「누가 그런 말을 해요?」

「수위 아주머니한테서 들은 얘기를 종합해 보면 그렇
다는 겁니다.」

「그야 나이 마흔이 넘고 특별한 재주가 없으면야 누구
든 새 일을 구하기 힘들지요. 저만 해도…….」

「일자리를 알아는 보셨습니까?」

「처음 몇 주 동안은요.」

「루이 씨는요?」

「좀 더 오래 알아봤지요.」

「짐작입니까, 아니면 아시는 겁니까?」

「알아요.」

「그 시절에도 여길 찾아왔습니까?」

「예.」

「그래서 좀 도와주셨나요?」

이제 거의 확신할 수 있었다. 레온에게는 저축이 있었을 것이었다.

「왜 그런 걸 물으세요?」

「왜냐하면 고인이 최근 몇 년 동안 무슨 일을 했는지 정확히 알지 못하고는 살인범을 찾을 수 없기 때문이지요.」

「그래요.」 그녀는 잠시 생각하더니 시인했다. 「다 말씀드릴게요. 하지만 비밀을 지켜 주셔야 해요. 특히 그 사람 부인이 알면 안 돼요. 자존심이 아주 강한 여자니까요.」

「부인과도 아는 사이입니까?」

「그 사람한테서 들었어요. 동서들은 모두 좋은 직장에 다니고 있고, 다들 자기 집을 샀다더군요.」

「그야 고인도 그렇지요.」

「그 사람 부인이 원했기 때문에 어쩔 수 없었어요. 자기 자매들처럼 쥐비지에 살아야겠다고 주장했던 거지요.」

그녀의 어조는 더 이상 평온하지 않았다. 오래전부터 곪아 온 소리 없는 원망이 비어져 나오는 듯했다.

「공처가였나요?」

「아무에게도 괴로움을 끼치지 않으려는 사람이었어요. 크리스마스를 앞두고 우리 모두 직장을 잃자, 그는 자기 때문에 명절 분위기를 망치고 싶지 않다고 했지요.」

「그래서 가족에게 아무 말도 안 했다는 겁니까? 여전

히 봉디가에서 일하는 것처럼요?」

「처음에는 그저 며칠 안에, 적어도 몇 주 안에, 새 직장을 구할 수 있을 줄 알았어요. 게다가 집을 샀잖아요.」

「무슨 말씀이신지…….」

「집을 살 때의 대출금을 갚고 있었어요. 그걸 제 날짜에 갚지 못하면 문제가 커지는 모양이었어요.」

「누구한테서 돈을 빌렸습니까?」

「생브롱 씨와 저한테서요.」

「생브롱 씨가 누구지요?」

「경리 직원 말이에요. 그분도 일자리를 잃었지만, 그래도 혼자 사니까요. 메지스리 강변로의 셋방에서요.」

「그는 돈이 있습니까?」

「아주 가난하지요.」

「그래서 두 분이 루이 씨에게 돈을 빌려주었군요?」

「그래요. 그러지 않았다면, 그 사람 집은 경매에 처해지고, 식구들은 길바닥에 나앉게 되었을 테니까요.」

「왜 카플랑 씨에게 도움을 청하지 않았나요?」

「카플랑 씨는 한 푼도 주지 않았을걸요. 워낙 그런 사람이에요. 회사를 닫는다면서, 직원들에게는 석 달치 봉급이 든 봉투를 주더군요. 루이 씨는 부인이 알까 봐 그 돈을 집으로 가져가지 못했어요.」

「부인이 지갑을 뒤졌습니까?」

「그야 모르지요. 아마 그랬을 거예요. 그래서 제가 그 사람 돈을 맡아 두었고, 다달이 그가 봉급만큼 가져갔지요. 그러다가 그 돈이 떨어진 후에는……」

「알겠습니다.」

「하지만 나중에 다 갚아 주었어요.」

「얼마나 지나서요?」

「8~9개월쯤이요. 거의 1년이 다 되어서요.」

「오랫동안 나타나지 않았습니까?」

「2월에서 8월까지는요.」

「불안하지 않았나요?」

「아뇨. 꼭 갚으러 올 줄 알았어요. 그리고 설령 갚지 못한다 하더라도……」

「그러다 직장을 구했다고 하던가요?」

「그냥 일을 한다고만 했어요.」

「그때 벌써 누런 구두를 신고 있던가요?」

「예. 그 후에도 가끔 왔어요. 매번 제 선물과 엄마께 드릴 과자를 가져왔지요.」

방 안의 노파가 매그레를 향해 실망한 눈길을 보내는 것은 그 때문일 것이었다. 그녀를 찾아오는 손님들은 대개 노파의 군것질거리를 가져오는 모양인데, 매그레는 빈손이었다. 그는 다시 오게 되면 자기도 꼭 사탕을 사오리라 마음먹었다.

「당신한테 이름을 말한 적이 없나요?」

「무슨 이름이요?」

「글쎄요. 새 고객이라든가, 친구, 동료…….」

「없어요.」

「파리의 특정 지역에 대해 말한 적은요?」

「봉디가 얘기뿐이었어요. 그 후에도 몇 차례 다시 가본 모양이었어요. 여전히 건물을 헐지 않고 있다는 데 속상해했지요. 〈1년도 더 그냥 있어도 될 걸 그랬잖아!〉하며 한숨짓곤 했어요.」

출입문에서 종소리가 나자, 레온은 누가 왔나 하고 목을 길게 늘여 내다보았다. 익숙해진 기계적 동작이었다. 매그레는 자리에서 일어났다.

「이만 실례하겠습니다.」

「언제든 필요하면 다시 오세요.」

임신부 하나가 계산대 근처에 서 있었다. 그는 모자를 집어 들고 문 쪽으로 갔다.

「감사합니다.」

그가 차에 오르는 동안, 두 여자는 하늘색과 분홍색 아기 옷들 사이로 그를 내다보았다.

「이제 어디로 갈까요, 반장님?」

오전 11시였다.

「아무 데나 요기할 만한 데로.」

「가게 바로 옆에도 한 군데 있는데요.」

그래도 레온이 보는 코앞의 식당에 들어가기는 왠지 꺼려졌다.

「길모퉁이를 돌아가 보세.」

비스트로에서 그는 카플랑 씨에게 전화하여 메지스리 강변로에 있다는 생브롱 씨의 셋방 주소를 알아낼 작정이었다.

그러면서, 기왕 칼바도스로 하루를 시작한 김에, 카운터에서 한잔 더 마셨다.

3
삶은 달걀

　브라스리 도팽의 한구석에서 매그레는 혼자 점심을 먹었다. 여느 때처럼 집에 가서 식사하지 못할 만큼 급한 일이 있는 것도 아니고 보면, 그의 심기를 짐작할 만했다. 그 시간쯤이면 늘 그렇듯 몇몇 형사들이 아페리티프[10]를 들고 있었고, 그가 늘 앉는 자기 자리, 센 강이 보이는 창가 자리로 가는 것을 지켜보았다.

　형사들은 말없이 눈길을 교환했다. 그의 팀에 속한 형사들은 아니었지만, 그래도 매그레가 그렇게 화난 사람처럼 가라앉은 얼굴로 둔중하게 움직일 때는 뭔가가 있다는 것쯤은 수사국에서는 누구나 알고 있는 것이었다. 그래서 서로 가벼운 미소를 주고받는 가운데서도 모종의 경의가 배어나는 것이, 매그레의 그런 침잠 상태는 조만간 남자든 여자든 범인의 자백으로 이어질 것이기 때문

10　식사 전에 마시는 술.

이었다.

「송아지 고기 맛이 괜찮나?」

「그럼요, 매그레 반장님.」

자기도 모르게 그는 웨이터에게 피의자라도 보는 듯한 눈길을 던졌다.

「맥주도 가져올까요?」

「아니. 보르도 반 병.」

뭐든 일단 반대하는 태도였다. 만일 포도주를 권했다면 맥주를 달라고 했을 것이었다.

아직 사무실에는 걸음도 하지 않은 터였다. 메지스리 강변로에 가서 생브롱 씨를 만나고 오는 길이었는데, 그 방문 때문에 기분이 개운치 않았다.

주소를 알아보느라 막스 카플랑의 집으로 전화를 했는데, 막스 씨는 앙티브의 별장에 가 있으며 파리에는 언제 돌아올지 모른다는 대답이었다.

메지스리 강변로의 그 건물 입구는 가게들 사이에 비좁게 나 있었다. 한쪽 가게에서는 새를 팔고 있어 보도에까지 새장들을 잔뜩 늘어놓고 있었다.

「생브롱 씨는?」 그는 수위실에 물었다.

「맨 위층이에요. 가보시면 알아요.」

엘리베이터를 찾아 둘러보았지만, 그런 것은 없었다. 7층까지 걸어서 올라가야 했다. 건물은 낡았고 벽들은 칙

칙하니 더러웠다. 맨 꼭대기 층계참에 이르자 채광창 덕분에 밝아졌다. 왼쪽 문 옆에 검은색과 빨간색이 섞인 굵은 줄, 모종의 실내복에나 쓸 법한 줄이 늘어뜨려져 있었다. 그는 줄을 당겼다. 그러자 집 안에서 우스꽝스러운 딸랑 소리가 났다. 이어 가벼운 발소리가 나더니 문이 열렸다. 나타난 얼굴은 마치 유령 같았다. 길고 창백한, 뼈만 남은 얼굴에 빛깔 없는 수염이 듬성듬성 나 있고 눈은 짓물러 있었다.

「생브롱 씨?」

「접니다. 들어오시지요.」

그 짧은 두 마디를 하는데도 기침의 발작이 일어나 쿨럭거렸다.

「죄송합니다. 기관지염 때문에…….」

집 안에는 퀴퀴하고 역한 냄새가 감돌았다. 가스버너 위에서 뭔가 끓는 듯 치직대는 소리가 났다.

「수사국의 매그레 반장입니다.」

「예. 안 그래도 경찰에서 누군가 찾아오리라고 생각했어요.」

벼룩시장에나 가야 구경할 법한 나뭇가지 무늬의 나사천이 덮인 탁자 위에 조간신문이 펼쳐져 있었다. 루이 투레의 죽음을 알리는 짧막한 기사가 실린 면이었다.

「식사를 하려던 참이시군요?」

신문 옆에는 접시 하나, 포도주 자국이 남은 유리잔 하나, 빵 조각 하나가 있었다.

「급할 거 없습니다.」

「드십시오. 제게 신경 쓰시지 말고.」

「하긴, 달걀도 이제 막 익었으니까…….」

노인은 달걀을 꺼내러 갔다. 가스가 치직대던 소리가 그쳤다.

「앉으세요, 반장님. 외투를 벗으시지요. 제가 이 닳아 빠진 기관지 때문에 난방을 지나치게 하는 편이라서요.」

생브롱 씨는 레온 양의 모친과 비슷한 연배인 듯했다. 하지만 아무도 돌봐 주는 이가 없었다. 어쩌면 이 초라한 거처에는 아무도 찾아온 사람이 없을지도 몰랐다. 이 방에서 유일한 사치라고 할 것은 센 강의 전망뿐이었고, 그 너머로 법원과 꽃 시장이 보였다.

「루이 씨와 만난 지 오래되셨습니까?」

대화가 반 시간가량이나 계속된 것은 생브롱 씨가 연신 기침을 하는 데다 삶은 달걀을 먹는 속도가 믿을 수 없을 만큼 느렸기 때문이다.

결국 그 대화를 통해서는 이미 봉디가의 수위 여자나 레온 양을 통해 알게 된 것 이상으로 알아낸 것이 없었다.

생브롱 씨에게도 카플랑사의 폐업은 마른하늘에 날벼락이었고, 그는 더 이상 직장을 구하려는 시도도 하지 않았다. 그에게는 약간의 저축이 있었고, 평생 저축을 하면서 그 돈으로 노후를 편히 지낼 수 있으리라고 믿어 온 터였다. 하지만 돈 가치가 떨어져서, 이제 그 돈으로는 문자 그대로 굶어 죽지 않을 정도밖에 되지 않았다. 아마도 이 삶은 달걀이 그에게는 하루 중 유일하게 영양가 있는 식사일 것이었다.

「다행히도 집만은 40년째 여기 살고 있어요.」

그는 홀아비였고 자식도 가족도 없었다.

루이 투레가 찾아와 도움을 청했을 때, 그는 서슴없이 돈을 빌려주었다.

「생사가 달린 문제라고 하더군요. 정말로 그렇다는 것이 느껴졌어요.」

레온 양도 이미 돈을 빌려주었다고 했다.

「그러고는 몇 달 후에 돈을 갚았지요.」

하지만, 그 몇 달 동안, 루이 씨가 다시 오지 않을 수도 있다는 생각은 안 해보았는지? 그렇다면 생브롱 씨는 무슨 돈으로 달걀이나마 살 수 있었을지?

「그 후에도 가끔 찾아왔나요?」

「두어 번 왔지요. 처음에, 돈을 갚으러 왔을 때는, 해포석(海泡石) 파이프를 선물로 가져왔어요.」

그는 선반에 가서 파이프를 들고 왔다. 담배도 아껴야 할 터였다.

「그럼 마지막으로 만난 건 언제쯤입니까?」

「3주쯤 전이었어요. 본누벨 대로의 어느 벤치에서요.」

경리 노인도 평생 일했던 동네에 끌려 가끔씩 한 바퀴 둘러보는 것인지?

「말을 걸어 보셨나요?」

「옆에 가서 앉았어요. 근처 카페에 가서 한잔하자는 걸 제가 거절했지요. 햇볕이 아주 좋았어요. 지나가는 사람들을 바라보면서 얘기를 했어요.」

「누런 구두를 신고 있던가요?」

「구두까지는 눈여겨보지 않아서 잘 모르겠습니다.」

「무슨 일을 하는지 얘기하던가요?」

생브롱 씨는 고개를 저었다. 레온 양과 마찬가지의 태도였다. 매그레는 그 두 사람을 이해할 수 있을 것 같았다. 죽음에 놀란 얼굴밖에 보지 못했던 그 루이라는 인물에 대해 자기도 모르게 호감이 생기기 시작했다.

「어떻게 헤어졌습니까?」

「어떤 사람이 벤치 주위를 서성대면서 그 친구한테 눈짓을 하는 것 같았어요.」

「남자였나요?」

「예. 중년 남자요.」

「어떤 부류던가요?」

「그 동네 벤치들에서 흔히 볼 수 있는 부류지요. 우리가 있는 벤치로 다가와 앉아서는 아무 말도 하지 않기에, 제가 자리를 비켰지요. 돌아보니 둘이 뭔가 얘길 하고 있더군요.」

「친한 사이 같던가요?」

「다투는 것 같지는 않던데요.」

그게 다였다. 매그레는 7층에서 다시 걸어 내려왔고, 자기 집으로 돌아갈까 하다가 그냥 브라스리 도핀으로 온 것이었다.

날이 흐렸다. 센 강의 물도 빛을 잃었다. 그는 커피와 함께 칼바도스를 한잔 더 마시고는 사무실로 돌아갔다. 책상 위의 서류 더미가 그를 기다리고 있었다. 잠시 후 수사 판사 코멜리오에게서 전화가 왔다.

「투레 사건을 어떻게 생각하십니까? 오늘 아침 검사가 그 일을 맡기면서 반장님 담당 사건이라고 하던데요. 뭐, 돈을 노린 잡범이겠지요?」

매그레는 시인도 부인도 아닌 낮은 웅얼거림으로 대답을 대신했다.

「가족이 시신 인도를 청구했다는데, 일단 반장님께 동의를 구해야 할 것 같아서요. 아직 시신이 필요합니까?」

「폴 선생이 검시를 마쳤습니까?」

「방금 전화로 보고하더군요. 서면 보고는 오늘 저녁쯤 보내오겠지요. 칼이 좌측 심실을 관통하여 즉사한 것으로 보인답니다.」

「시신에 다른 상처는 없고요?」

「없답니다.」

「그렇다면 시신 인도를 거부할 이유가 없지요. 다만, 옷은 실험실로 보내면 좋겠습니다.」

「그러지요. 계속 연락 주십시오.」

코멜리오 판사는 드물게 사근사근한 말투였다. 아마 언론에서 이 사건을 거의 다루지 않은 터라 나름대로는 그저 돈을 노린 범행으로 결론지은 때문인 듯했다. 그도, 다른 누구도, 관심 갖지 않는 사건이었다.

매그레는 난롯불을 쑤석이고 파이프에 담배를 채운 다음, 거의 한 시간가량 사무적인 일들을 해치웠다. 어떤 서류에는 주석을 달고, 어떤 것에는 서명을 하고, 이따금 별 것 아닌 전화를 하면서.

「들어가도 됩니까, 반장님?」

상토니였다. 평소처럼 잔뜩 빼입고, 이발소 향수 냄새를 풍기고 있었다. 그 때문에 동료들로부터 〈색싯집 냄새가 난다〉는 말을 듣는 터였다.

상토니는 잔뜩 들떠 있었다.

「단서를 찾은 것 같습니다!」

매그레는 별 동요 없이 큼직한 눈망울로 멀거니 그를 바라보았다.

「우선 아셔야 할 것은, 그 아가씨가 일하는 〈제베르&
바슐리에〉라는 회사가 채무 정리 대행업체라는 겁니다.
그러니까 상환이 어려운 채권을 헐값에 인수해서 돈을
받아 내는 거지요. 업무라는 게 주로 집으로 찾아가서 귀
찮게 하는 일이고요. 모니크 양도 리볼리가의 사무실에
는 출퇴근 시에 잠깐 들를 뿐이고, 채무자들 집을 도는 게
일이에요.」

「알아들었네.」

「대개는 서민들이지요. 웬만큼 겁을 주면 대개는 돈을
토해 내는 사람들이에요. 상사들은 못 봤고요. 정오 무렵
에 회사 밖에서 아가씨가 눈치채지 못하게 기다렸지요.
한창때가 좀 지난 듯한 다른 여직원이 나오기에 말을 붙
여 봤는데, 모니크 양을 별로 좋게 생각하는 것 같지 않더
라고요.」

「그래, 알아낸 것은?」

「모니크 양에게 애인이 있답니다.」

「이름도 알아냈고?」

「그것도 곧 말씀드릴게요. 두 사람은 넉 달 전쯤 만났
는데, 매일 세바스토폴 대로의 정액제 식당에서 함께 점
심을 먹는답니다. 남자애는 아주 어려요. 이제 겨우 열아
홉이라는군요. 생미셸 대로의 큰 서점에서 점원으로 일
한다고 합니다.」

매그레는 책상 위에 줄지어 늘어놓은 파이프들을 만지작거리며, 피우던 것이 다 타지도 않았는데 다른 파이프에 담배를 담기 시작했다.

「알베르 조리스라는 이름이에요. 어떻게 생겼는지 궁금해서 그 정액제 식당이라는 델 가봤지요. 엄청나게 붐비더군요. 모니크 양을 찾아냈는데, 혼자더라고요. 전 좀 떨어진 자리에 앉았는데, 제대로 먹지도 못했어요. 그녀는 잔뜩 신경이 곤두선 얼굴로 끊임없이 문 쪽을 보더군요.」

「남자가 안 왔나?」

「안 왔어요. 가능한 한 시간을 끌며 식사를 하는 눈치더라고요. 그런 식당에서는 빨리빨리 회전이 되어야 하니까, 오래 죽치는 사람들을 좋아하지 않지요. 결국 그녀도 나갈 수밖에 없었지만, 보도 위를 서성이며 또 한참 기다렸어요.」

「그러고는?」

「기다리는 데만 정신이 팔려서 제가 지켜보는 것도 모르더군요. 생미셸 대로 쪽으로 가기에 저도 따라갔습니다. 그 길모퉁이에 있는 서점 아시지요. 보도까지 매대를 잔뜩 늘어놓은⋯⋯.」

「아네.」

「그녀는 안에 들어가서 점원 중 한 사람에게 뭔가 물어보더니 계산대로 가더군요. 실망한 듯한 얼굴로 뭔가를 조르고 있었어요. 그러다 결국 가버렸어요.」

「더는 따라가지 않았나?」

「남자애 쪽을 맡는 게 낫겠다고 생각했지요. 그래서 저도 서점에 들어가 지배인에게 알베르 조리스라는 점원을 아느냐고 물었지요. 그랬더니 안다면서, 그 친구는 오전에만 근무한다는 거예요. 제가 놀라는 기색을 보이자, 자기네 서점에서는 흔한 일이다, 학생들을 많이 쓰는데 학생들은 풀타임으로 일할 수 없기 때문이다, 하고 설명해주더군요.」

「조리스도 학생인가?」

「잠깐만요. 일단 저는 그가 거기서 일한 지 얼마나 됐는지 알고 싶었어요. 그건 장부를 뒤져 보아야 했지요. 1년 조금 넘었더라고요. 처음에는 전업으로 일하다가, 석 달 전쯤부터 법학부 강의를 듣기로 되어 오전에만 일하겠다고 했답니다.」

「주소를 알아냈나?」

「샤티용 가의 부모 집에 살고 있더군요. 몽루주 교회거의 맞은편이에요. 하지만 이게 다가 아닙니다. 알베르 조리스는 오늘 아침에도 생미셸 대로의 서점에 나오지 않았답니다. 1년에 두세 번이나 있을까 한 일이고, 매번 전화를 했었는데, 오늘은 전화도 없었다는 거예요.」

「어제는 출근했고?」

「그럼요. 그 점이 이상하다고 생각했어요. 그래서 택시를 타고 샤티용 가에 가봤습니다. 부모는 선량한 사람들이고, 4층에 있는 깔끔한 아파트에 살고 있더군요. 어머니는 다림질을 하고 있었고요.」

「경찰에서 나왔다고 말했나?」

「아뇨. 그냥 아들 친구인데, 곧 좀 만나야 한다고 했지요.」

「서점으로 가보라던가?」

「짐작하신 대로예요. 전혀 이상한 기미를 눈치채지 못했더군요. 평소처럼 아침 8시 15분에 출근했다는 겁니다. 법학부 강의 얘긴 금시초문이고요. 남편은 빅투아르가의 직물 도매상 직원이라는데, 아들에게 대학 공부를 시킬 만큼 넉넉한 것 같지는 않았습니다.」

「그래서 어떻게 했지?」

「제 친구 조리스와 어쩌면 동명이인인가 보다고 하면서 사진을 좀 보여 달라고 했어요. 그랬더니 식당 찬장 위에 있는 사진을 보여 주더군요. 선량한 부인이고, 아들 일에 대해 아무런 의구심도 없었어요. 오로지 다리미가 식어 버리거나 천을 태우지나 않을까 하는 생각밖에 없는 듯하더라고요. 저는 줄곧 헛소리를 늘어놓았지요…….」

매그레는 아무 말도 하지 않았고, 아무런 흥분도 드러내지 않았다. 상토니가 그의 팀에 들어온 지 얼마 되지 않왔다는 것은 누가 봐도 알 수 있는 일이었다. 그가 말하는 모든 것이, 말하는 태도부터가, 매그레나 그의 팀과는 전혀 어울리지 않았다.

「제가 나오는데 알아차리지도 못하더군요.」

그는 손을 내밀었다.

「이리 줘보게.」

그는 물론 상토니가 사진을 슬쩍해 온 것을 알고 있었다. 머리칼이 긴 섬세하고 날씬한 청년, 여자들 사이에서는 미소년으로 통할 테고, 본인도 그 사실을 아는 듯한 얼굴이었다.

「그게 다인가?」

「오늘 저녁 집으로 돌아올는지도 두고 봐야겠지요?」

매그레는 한숨을 쉬었다.

「그래야겠지.」

「제 얘기가 마음에 안 드세요?」

「들고말고.」

어쩌란 말인가? 상토니는 다른 형사들이 하듯이 해나 갈 것이다. 다른 팀의 형사를 데려오면 늘 이런 식이었다.

「제가 아가씨를 따라가지 않은 건, 어디 가면 다시 찾을지 알기 때문이에요. 오후 5시 반, 늦어도 6시 15분 전이면 그녀는 사무실에 들러 수금한 돈을 맡기고 보고서를 쓴답니다. 거기도 가볼까요?」

매그레는 망설였다. 그냥 그쯤 해두고 그만두라고 말할 참이었다. 하지만 상토니도 나름대로는 한다고 했고, 그만두게 하는 것은 불공평한 일이 될 터였다.

「여자가 사무실로 돌아오는지, 제시간에 기차를 타는지 확인해 보게.」

「어쩌면 애인을 만날지도 모르지요.」

「어쩌면. 그는 보통 몇 시쯤 귀가한다던가?」

「7시에 저녁 식사를 하는데, 저녁에 나가더라도 그 시간에는 꼭 집에 돌아온다고 합니다.」

「집에 전화가 없는 모양이지?」

「없어요.」

「수위실에도?」

「아마 없을걸요. 전화가 있을 집이 아니었어요. 하여간 확인해 보겠습니다.」

그는 도로명에 따라 분류된 전화번호부를 뒤적였다.

「7시 반 이후에 거기 들러서, 수위와 얘기해 보게. 사진은 여기 놔두고.」

기왕 상토니가 가져온 것이니, 그대로 보관하는 편이 나을 것이었다. 언젠가 쓸 데가 있을지도 모르고.

「사무실에 계실 겁니까?」

「글쎄, 모르겠네. 하지만 내가 어디 있든, 자네는 본부와 늘 연락을 취하게.」

「전 지금부터 뭘 하면 좋을까요? 리볼리가에 갈 때까지 두 시간쯤 남았는데.」

「숙박업소 관리과에 가보게. 루이 투레 이름의 파일이 있을 걸세.」

「그가 시내에서 방을 얻었다고 생각하세요?」

「아니라면 귀가 전에 누런 구두와 야한 넥타이를 어디다 두었겠나?」

「하긴 그렇군요.」

루이 투레의 사진이 오후 신문에 실리기까지는 두 시간이 족히 걸렸다. 그래 봤자 손톱만 한 사진이 지면 한 구석에 실렸을 뿐이지만. 다음과 같은 설명이 곁들여져 있었다.

루이 투레. 어제 오후 생마르탱 대로의 한 막다른 골목에서 피살됨. 경찰에서 단서를 입수.

단서를 입수했다는 것은 사실이 아니었지만, 신문들은 늘상 그런 문구를 덧붙이곤 했다. 아직 전화 한 통 없다는 것이 이상하기는 했다. 그가 사무실에 돌아와 잔무 처리를 하면서 어영부영하고 있는 것도 뭔가 제보가 들어오기를 기다리고 있기 때문이었다.

대개 이런 사건에서는 사실이든 착각이든 피살자를 안

다는 사람들이 나타나기 마련이었다. 아니면 사건 현장을 서성이는 수상한 사람을 보았다거나 하는 제보들이 들어오는데, 확인해 보면 거의 다 사실이 아니었지만, 그래도 그 덕분에 진상을 밝혀내게 될 때도 있었다.

루이 투레, 그의 옛 동료들이 〈루이 씨〉라 부르는 그 인물은 실직한 후에도 3년 동안 변함없이 밀랍 먹인 도시락 보에 점심을 싸 가지고 아침 기차로 쥐비지를 떠나 저녁 기차로 돌아가는 생활을 계속했다.

리옹 역에 내린 다음, 그는 어디서 무엇을 했을까? 그것은 여전히 수수께끼였다.

처음 몇 달 동안은 아마도 새 일자리를 찾느라 동분서주했을 것이다. 그런 경우 누구나 하듯이, 구인 광고를 보려고 신문사 문 앞에 길게 줄 서 있는 무리에 끼어 있었을 것이다. 어쩌면 가가호호 전기 청소기를 팔러 다니는 일도 해보았을까?

하지만 별 소용이 없었던지, 레온 양에게서, 또 늙은 경리에게서, 돈을 빌리지 않으면 안 될 지경까지 갔다.

그 후 몇 달 동안의 행적은 알 수가 없었다. 카플랑사에서 받던 월급 액수에 더하여 빌린 돈까지 갚을 만한 돈을 구해야 했을 텐데.

그러는 동안에도 그는 날마다 저녁이면 아무 일도 없었다는 듯이, 하루 일과를 마치고 퇴근한 것처럼 집으로 돌아갔다.

그의 아내는 전혀 아무것도 눈치채지 못했다. 딸도 마찬가지였다. 처제들도, 둘 다 철도청에서 일한다는 동서들도 마찬가지였다.

그러다 어느 날, 그는 클리냥쿠르가를 찾아가 레온 양에게 돈을 갚고 그녀와 노모를 위한 선물을 가져갔다.

게다가 누런 구두를 신고서 말이다!

매그레가 그 남자에게 관심을 갖는 데에는 그 누런 구두가 한몫을 했는지도 모른다. 물론 그 자신은 시인하지 않을 테지만 말이다. 사실 그 자신도 여러 해 동안 〈거위 똥색〉 구두를 신어 볼까 했었다. 〈노상 방귀〉라 불리는 담황색 짧은 코트와 함께 그런 구두가 한때 유행이었다.

그도 언젠가 결혼 초기에 누런 구두를 사기로 결심한 적이 있었고, 가게로 들어서면서 얼굴이 달아올랐던 것을 기억했다. 사실 그 가게는 바로 생마르탱 대로에, 앙비귀 극장 맞은편에 있었다. 하지만 곧바로 신을 엄두가 나지 않았고, 집에 가서 구두 상자를 열자 매그레 부인은 킥킥 웃으며 남편을 바라보았다.

「안 신을 거예요?」

결국 그 구두는 한 번도 안 신었다. 매그레 부인이 가게에 가서 발에 잘 맞지 않는다느니 하면서 물러야 했다.

루이 투레가 누런 구두를 사 신었다는 것은 매그레가

보기에 하나의 단서였다.

우선, 그것은 해방감의 증거였다. 유행하는 구두를 신고 있는 동안은 스스로 자유로운 사람인 듯이 생각되었으리라고 장담할 수 있었다. 즉, 도로 검은 구두로 갈아신을 때까지는 아내와 처제, 동서들이 그에게 아무런 영향력도 미치지 못한다는 뜻이었다.

또 다른 의미도 있었다. 매그레가 누런 구두를 산 것은 생조르주 구역 담당 반장으로 일하던 중에 매달 10프랑이라는 월급 인상을 통보받은 날의 일이었다. 10프랑이 제대로 10프랑 값어치를 하던 시절이었다.

그러니까 루이 씨도 분명 지갑이 두둑하다는 기분이었던 것이 틀림없었다. 옛 동료에게 줄 선물로 해포석 파이프를 사고, 자기를 믿어 주었던 두 동료에게 돈을 갚았다. 이제 그는 가끔씩 두 사람을, 특히 레온 양을 찾아갈 수도 있었다. 봉디가의 수위 여자도 찾아갈 수 있었다.

그렇다면 그는 왜 자기가 무슨 일을 하는지 알리지 않았던 것일까?

우연찮게도 수위 여자는 오전 11시에 생마르탱 대로의 한 벤치에 그가 앉아 있는 것을 보았다.

말을 걸지는 않았고, 눈에 뜨일까 봐 멀리 돌아갔다고 했다. 매그레는 그녀를 이해할 수 있었다. 그녀의 마음에 걸린 것은 벤치였다. 루이 씨처럼 평생 하루에 열 시간씩 일했던 사람이 벤치에서 빈둥거리다니! 일요일도 아닌데! 일과 후의 시간도 아닌데! 오전 11시에, 사방의 사무실과 상점들이 한창 바삐 돌아가는 시각에.

그런가 하면 최근에 생브롱 씨가 옛 동료를 만난 것도 벤치에서였다. 이번에는 생마르탱 대로나 봉디가와 엎어지면 코 닿을 곳에 있는 본누벨 대로의 벤치였다.

오후 시간이라 생브롱 씨는 수위 여자만큼 겸연쩍어하지는 않았던 모양이었다. 아니면 루이 투레 쪽에서 먼저 그를 알아보았던 것일까?

전직 창고 관리인은 누군가와 약속이 있었던 걸까? 벤치 주위를 서성이다가 뭔가 신호를 주고받은 후 다가와서 앉았다는 그 사람은 대체 누구였을까?

생브롱 씨는 그 사람을 눈여겨보지 않은 탓에 인상착의를 잘 설명하지 못했다. 하지만 그래도 그가 한 말은 의미심장했다. 「그 동네 벤치에서 흔히 볼 수 있는 부류지요.」

이렇다 할 직업 없이 대로변 벤치에 앉아 오가는 행인들이나 구경하며 시간을 보내는 부류의 사람들. 생마르탱 대로의 벤치에 앉아 있는 사람들은 광장이나 공원, 가령 몽수리 공원의 벤치에 앉아 있는 사람들과는 달랐다. 그런 데는 주로 근처의 연금 생활자들이 가는 곳이었다.

연금 생활자들은 생마르탱 대로의 카페라면 모를까, 대로변에 나앉지는 않았다.

한편으로는 누런 구두, 다른 한편으로는 벤치가 단서였다. 그 두 가지가 반장의 머릿속에서 영 어우러지지가 않았다.

마지막으로, 그리고 특히, 루이 씨가 비 오고 흐린 날 오후 4시 반에 딱히 용무가 있을 리 없는 막다른 골목에 들어섰고, 누군가가 소리 없이 그 뒤를 따르다가 견갑골 사이에 단도를 박았다는 사실이 있었다. 대로를 지나는 행인들로부터 채 10미터도 떨어지지 않은 곳에서.

사진이 신문에 실린 뒤에도 아무 전화도 오지 않았다. 매그레는 여전히 보고서에 주석을 달고 행정적인 서류들에 서명을 했다. 밖에서는 날이 점점 더 흐려져 어두워지고 있었다. 불을 켜자 벽난로 위의 벽시계가 3시를 가리키고 있었다. 그는 자리에서 일어나 벽에 걸린 두툼한 외투를 떼어 걸쳤다.

수사국을 나서기 전에, 그는 형사들이 있는 방의 문을 빼꼼 열었다.

「한두 시간 안에 돌아오겠네.」

자동차를 타고 갈 필요도 없었다. 강변로 끝에서 그는 버스에 뛰어올라 탔고, 몇 분 후 세바스토폴 대로와 다른 대로들이 만나는 길모퉁이에서 내렸다.

전날 같은 시각에 루이 투레는 아직 살아 있었다. 누런 구두를 다시 검은 구두로 갈아 신고 리옹 역으로 가서 쥐비지행 기차를 타기 전까지 그 역시 이렇게 서성였을 것이었다.

보도 위에는 인파가 밀리고 있었다. 길을 건널 때마다 한참씩 기다려야 했다. 신호가 바뀌면 빽빽한 무리가 앞다투어 나아갔다.

〈필시 이 벤치일 거야.〉 본누벨 대로 맞은편 보도의 벤치가 보이자 그는 생각했다.

아무도 앉아 있지 않았지만, 멀리서도 벤치 위의 구겨진 회색 종이가 보였다. 아마도 햄을 쌌던 종이일 것이었다.

젊은 여자들이 생마르탱가 모퉁이의 보도를 지나갔다. 작은 바에도 여자들이 있었고, 안에서는 탁자에 둘러앉은 남자 넷이 카드놀이를 하고 있었다.

카운터에서 그는 친숙한 모습을 발견했다. 느뵈 형사였다. 그가 느뵈를 기다리느라 멈춰 서자, 한 여자가 자기 때문인가 하고 반색을 했다. 그는 아니라는 뜻으로 고개를 저었다.

느뵈가 여기 있는 걸로 봐서 이미 탐문을 했을 터였다. 그가 이 구역 담당이었고, 이 동네 여자들을 모두 알고 있었다.

「잘돼 가나?」 그가 비스트로에서 나오자 매그레가 물었다.

「반장님도 오셨어요?」

「그냥 한 바퀴 둘러보려고.」

「전 아침 8시부터 이 동네를 샅샅이 뒤지는 중이에요. 벌써 5백 명은 붙잡고 물어봤을 겁니다.」

「그가 점심을 먹던 곳은 찾았나?」

「그걸 어떻게 아세요?」

「이 동네에서 점심을 먹었겠지 싶어서. 늘 같은 데서 맴돈 것 같더라고.」

「저기요……」 느뵈는 아늑해 보이는 한 식당을 가리키며 말했다. 「단골이었던 모양이에요.」

「저기선 뭐라던가?」

「그 사람은 늘 같은 자리에 앉았다고 해요. 카운터에서 가까운 안쪽 자리지요. 그 친구 담당 웨이트리스는 턱에 수염이 난 피둥피둥한 여자더군요. 그 여자가 그를 뭐라고 불렀는지 아세요?」

매그레 반장이 그걸 어찌 알겠는가!

「우리 총각……이었다는군요. 그 여자가 자기 입으로 그렇게 말했어요. 〈자, 우리 총각, 오늘은 뭘 드실라우?〉했다는 거예요. 그는 그런 말투를 꽤 맘에 들어 했다는군요. 기껏해야 날씨 얘기를 하는 정도였고, 추파 비슷한 것도 던지지 않았지만.

저 식당 웨이트리스들은 점심시간이 끝나면 저녁 시간 전까지 두 시간쯤 휴식 시간이 있었답니다.

그런데 3시쯤 나와 보면 루이 씨는 벤치에 우두커니 앉아 있곤 했다는군요. 그럴 때마다 손을 들어 인사를 했답니다.

한번은 여자 쪽에서 말을 걸었답니다.

〈이봐요, 우리 총각, 일도 안 하는가 보군요?〉

그러자 자기는 밤에 일한다고 했다는군요.」

「여자는 그 말을 믿었나?」

「그럼요. 그를 무척 따르는 눈치였어요.」

「신문은 읽었고?」

「아니오. 제가 말해 주었습니다. 피살되었다고. 안 믿으려 하더군요.

비싼 식당은 아니지만, 정액제 식당도 아니에요. 점심 때는 포도주를 작은 병으로 마셨답니다.」

「이 동네에서 그를 아는 사람이 또 있던가?」

「지금까지 한 열 명쯤 만났어요. 길거리에서 호객을 하는 한 여자는 거의 날마다 그와 마주쳤다고 하더군요. 처음에는 그를 끌려고 했지만, 그는 상냥하게 거절하더랍니다. 언성을 높이거나 하지 않고요. 그래서 그녀는 그를 만날 때마다 〈그럼, 오늘은 어때요?〉 하고 한마디씩 해보는 게 버릇이 되었다는 거예요. 그럴 때마다 서로 웃고 헤어졌다나요. 여자가 손님을 끌고 갈 때면 그가 눈을 끔뻑해 보이곤 했답니다.」

「그는 길거리 여자들을 따라간 적이 없고?」

「없답니다.」

「그가 여자와 함께 있는 것을 본 사람은?」

「길거리 여자들은 못 보았고, 보석상 점원 중 한 명이 봤다고 합니다.」

「그가 피살된 골목 옆의 보석상 말인가?」

「예. 점원들에게 사진을 보여 주자, 그중 한 남자가 알아보았어요. 〈아, 이건 지난주에 반지를 사간 사람인데!〉 하더라고요.」

「젊은 여자와 함께 왔다던가?」

「딱히 젊지는 않았던가 봅니다. 점원은 여자를 별로 눈여겨보지 않았대요. 그냥 부인이려니 했답니다. 다만 은여우 모피를 목에 둘렀고 네잎 클로버 모양의 목걸이를 하고 있었던 것만 생각이 난답니다. 〈저희도 똑같은 것을 팔거든요.〉」

「비싼 반지였나?」

「가짜 다이아몬드를 박은 도금 반지였대요.」

「점원 앞에서 별다른 얘긴 없었고?」

「그냥 부부처럼 얘기하더랍니다. 특별히 생각나는 말은 없대요.」

「여자를 보면 알아볼 수는 있을까?」

「글쎄요. 여자는 검은 옷을 입고 장갑을 끼고 있었는

데, 반지를 끼어 본 후 계산대 위에 장갑 한 짝을 두고 갈 뻔했대요. 그러자 루이 씨가 되돌아와 찾아갔답니다. 여자는 문 근처에서 기다리고요. 여자가 그보다 더 키가 컸대요. 보도에서 남자는 여자의 팔짱을 끼었고, 레퓌블리크 광장 쪽으로 걸어가더랍니다.」

「그 밖에는?」

「여기까지 알아내는 데만도 시간이 꽤 걸렸어요. 저 위 몽마르트르가에서부터 시작했는데, 거기서는 별 소득이 없었어요. 아 참, 잊어버릴 뻔했습니다. 륀가의 와플 장수들을 아시지요.」

거기서는 노점상들이 커다란 와플을 구워 팔고 있었다. 장터에서처럼 전면이 트인 가게들로부터 다디단 냄새가 길모퉁이까지 흘러오곤 했다.

「그 사람들도 그를 기억하더군요. 종종 와플을 사러 왔다는 거예요. 매번 세 개씩 샀고, 그 자리에서 먹지 않고 가져갔다더군요.」

그 노점상 와플은 무척 컸다. 광고문을 써 붙인 바에 따르면, 파리에서 가장 큰 와플이라고 했다. 그러니 몸집이 자그마한 루이 씨가 점심 식사 후에 그런 와플을 세 개씩이나 먹어 치울 것 같지는 않았다.

뿐만 아니라, 그는 벤치에서 그런 것을 먹을 타입도 아니었다. 그렇다면 그 반지의 여인과 나눠 먹은 것일까?

그렇다면 그녀는 거기서 멀지 않은 곳에 살 것이다.

아니, 어쩌면 그 와플은 생브롱 씨가 벤치에서 본 남자를 위한 것이었을까?

「계속 조사할까요?」

「물론.」

매그레는 조금 가슴이 들쑤셨다. 일개 형사였던 시절처럼, 자기가 직접 나서서 탐문을 맡고 싶었던 것이다.

「이제 어디로 가세요, 반장님?」

「저길 한 번 더 들여다보려고.」

사실 별 기대는 없었다. 루이 씨가 피살된 장소가 채 1백 미터도 떨어지지 않은 데다가 마침 사건이 일어난 것과 비슷한 시각이었으므로, 한 번 더 들여다보고 싶을 뿐이었다. 오늘은 안개는 끼지 않았지만, 그래도 골목 안은 여전히 어두웠고, 보석상의 환한 불빛 때문에 눈이 부셔서 오히려 더 잘 보이지 않았다.

와플과 장터의 인상들 때문에, 매그레는 투레가 소변이라도 보려고 외진 골목에 들어서지 않았을까 하는 생각을 잠깐 했다. 하지만 바로 맞은편에 공중변소가 있는 것을 보고는 그 생각을 접었다.

「그 여자만 찾을 수 있다면……」 느뵈는 한숨을 쉬었다. 아침부터 돌아다니느라 발이 아픈 모양이었다.

매그레로서는 루이 씨가 옛 동료와 이야기를 하는데

벤치 주위를 서성이다가 눈짓을 주고받은 후 다가와 앉았다는 그 사내가 더 궁금했다. 그래서 그는 벤치 하나하나를 눈여겨보았다. 어느 벤치에는 늙은 거지가 반쯤 찬 싸구려 포도주 병을 옆에 놓고 앉아 있었지만, 필시 그는 아닐 것이었다. 만일 그랬다면 생브롱 씨는 그냥 〈거지〉였다고 말했을 것이었다.

조금 더 가자, 지방에서 온 듯한 임신부가 벤치에 앉아 공중변소에 들어간 남편을 기다리며 부은 다리를 쉬고 있었다.

「내가 자네라면, 상점보다도 벤치 주변의 사람들에게 물어보겠네.」

그도 초기에는 순찰을 꽤 오래 해본 터라, 벤치마다 일정한 시각에 자리를 차지하는 단골이 있다는 것쯤은 알고 있었다.

행인들은 잘 모를 것이다. 길을 가면서 벤치에 앉은 이들을 눈여겨보지는 않으니까. 하지만 벤치의 사람들끼리는 서로 알고 지내는 법이다. 언젠가 매그레 부인이 뜻하지 않게 살인범을 추적하게 된 것도 치과의 예약 시간을 기다리느라 앙베르 광장의 벤치에 앉아 있다가 어린 소년의 어머니와 이야기를 나누게 된 덕분이 아니었던가?[11]

11 『매그레 부인의 친구L'Amie de Madame Maigret』(1949)에서 일어난 일을 가리킨다.

「일제 단속을 하라는 말씀은 아니지요?」

「절대 그러면 안 되지! 그냥 벤치에서 어슬렁거리며 사람들과 안면을 트라는 걸세.」

「알겠습니다, 반장님.」 느뵈는 그 일에 별 매력을 못 느끼는지 차라리 돌아다니는 게 낫겠다며 한숨지었다.

그는 반장이 자기 위치를 부러워하리라고는 꿈에도 생각지 못했다.

4
빗속의 장례식

이튿날인 수요일, 매그레는 중죄 재판소에 증언하러 가야 했고, 오후 시간 대부분을 을씨년스러운 증인 대기실에서 보내야 했다. 아무도 난방 장치를 켤 생각을 하지 않았는지 뼛속까지 냉기가 스며들었다. 그러더니 난방을 가동한 지 10분쯤 되자 너무 더워졌을 뿐 아니라 잘 씻지 않은 살 냄새, 거풍을 하지 않은 옷 냄새가 진동했다.

일곱 달 전에 숙모를 술병으로 쳐 죽인 르네 르쾨르라는 자의 재판이었다. 스물두 살밖에 되지 않은, 파리 중앙시장 인부처럼 떡 벌어진 체격에 악동의 얼굴을 한 사내였다.

왜 재판소에서는 조명을 좀 더 밝게 하지 않는 것일까? 그 칙칙한 분위기에 불빛마저도 힘이 죽는 것만 같았다.

매그레는 침울한 기분으로 대기실을 나섰다. 이제 막 이름이 나기 시작한, 특히 공격적이기로 유명한 젊은 변호사가 증인들을 한 사람 한 사람 무자비하게 공격하고 있었다.

매그레 차례가 되자, 그는 피고인이 자백을 한 것이 수사국에서 당한 가혹 행위 때문이라는 식으로 몰아갔다. 그것은 사실이 아니었을 뿐 아니라, 변호사 자신도 그렇다는 것을 뻔히 아는 터였다.

「증인은 피고의 첫 심문이 얼마나 걸렸는지 말해 주시겠습니까?」

반장이 이미 예상하고 있던 대로였다.

「열일곱 시간입니다.」

「먹지도 않고요?」

「샌드위치를 권했지만 르쾨르가 거부했습니다.」

변호사는 이보란 듯한 태도로 배심원들을 둘러보았다.

「아시겠습니까, 여러분! 열일곱 시간 동안 굶기면서 심문을 했답니다!」

같은 시간 동안 매그레도 먹은 것이라고는 샌드위치 두 개뿐이 아니었던가? 게다가 그는 아무도 죽이지도 않았는데 말이다!

「증인은 3월 7일 오전 3시, 손에 수갑을 찬 저 불쌍한 청년이 아무런 도발도 하지 않는데 폭행을 가한 것을 인정합니까?」

「인정 못 합니다.」

「그를 때리지 않았다는 말입니까?」

「뺨을 한 번 때리기는 했지만, 그건 자기 아들을 때릴 때 정도 이상은 아니었습니다.」

변호사가 틀렸다. 그런 식으로 얘기를 끌어가서는 안 되는 것이었다. 하지만 변호사의 관심은 오로지 청중의 반응과 언론에서 뭐라고 할까뿐이었다.

그는 이번에는 아예 규칙을 어기고 매그레에게 직접 말을 걸었다. 은근하면서도 신랄한 말투였다.

「그런데 반장께서 아들을 두셨던가요?」

「아니오.」

「자녀를 두신 적이 없다고요……? 뭐라고요……? 제가 잘 못 들었습니다…….」

반장은 딸을 낳은 적이 있지만 일찍 죽었다는 말을 큰 소리로 되풀이해야 했다.

그게 다였다. 재판정을 나선 그는 법원 구내식당으로 가서 한잔 걸친 후 사무실로 돌아갔다. 한 보름 전부터 진행하던 다른 수사를 마친 뤼카가 투레 사건에 합류한 터였다.

「조리스 소식은?」

「아직 없습니다.」

모니크 투레의 애인은 전날 저녁 귀가하지 않았고, 이튿날도 서점에 출근하지 않았으며, 점심때면 모니크와 함께 식사하던 세바스토폴 대로의 정액제 식당에도 나타나지 않았다.

역과 헌병대와 국경 검문소들에 연락을 취해 그를 찾는 일은 뤼카가 지휘하고 있었다.

장비에는 동료 넷을 데리고 여전히 철물점들을 뒤지며 칼의 출처를 캐고 있었다.

「느뵈는 전화 안 했나?」

매그레는 사무실에 좀 더 일찍 돌아오기로 되어 있던 터였다.

「반 시간쯤 전에요. 6시쯤에 다시 전화하겠다고 했습니다.」

매그레는 다소 지친 느낌이었다. 피고석에 앉은 르네 르쾨르의 모습이 어른거렸다. 변호사의 음성과 요지부동의 재판관들, 어두운 빛깔의 벽널을 댄 재판정의 침침한 불빛 아래 드러나던 방청객들의 모습…… . 사실 매그레 자신과는 무관한 일이었다. 피의자가 일단 수사국을 떠나 수사 판사의 손에 넘겨지면, 반장의 역할은 끝나는 것이었다. 그 후의 일이 항상 그가 생각했던 대로 진행되지는 않았다. 사실 어떻게 될지 그로서는 알 수 없었다. 만일 그의 생각대로라면…… .

「라푸앵트는 뭐 알아낸 게 없나?」

그사이에 각자 자기 몫의 일이 정해져 있었다. 막내 라푸앵트는 생마르탱 대로에서 시작하여 차츰 반경을 넓혀 가면서 셋집들을 일일이 탐문 중이었다. 루이 씨가 날마다 구두를 벗어 놓는 방이 어딘가에는 필시 있을 것이었다. 자기 이름으로 방을 얻었든지 아니면 누군가 다른 사람 명의로 방을 얻었든지 간에. 어쩌면 그 다른 사람이란 그가 반지를 사주었다는, 그의 아내처럼 보였다는 여자일 수도 있었다.

상토니는 여전히 모니크를 감시하면서, 알베르 조리스가 어떤 식으로든 그녀와 연락을 취하거나 소식을 전해 오기를 기다리고 있었다.

투레 가족은 전날 장의사를 시켜 시신을 인수해 갔다. 장례식은 다음 날로 예정되어 있었다.

여전히 결재해야 할 서류들과 그만그만한 전화들이 기다리고 있었다. 그런 가운데서도 루이 씨에 관한 전화나 문건은 단 하나도 없으니 묘한 일이었다. 마치 그의 죽음은 아무런 흔적도 남기지 않은 것만 같았다.

매그레는 수화기를 들었다. 「여보세요!」

느뵈 형사의 목소리가 라디오 음악인 듯한 소리를 배경으로 들려왔다. 어느 비스트로인 모양이었다.

「아직 구체적인 건 없습니다, 반장님. 대로변 벤치들을 어슬렁대는 사람들 중에 그를 기억하는 이를 세 명쯤 찾아냈는데, 다들 같은 말을 하더군요. 친절하고 예의 바른 사람이었고, 누가 말을 걸든 상냥하게 받아 주었답니다. 그중 한 노파의 말에 따르면, 그는 레퓌블리크 광장 쪽으로 가곤 했다는데, 인파에 가려 어디로 가는지는 보이지 않았답니다.」

「다른 사람과 함께 있는 것을 본 적은 없다던가?」

「그건 그 노파가 아니라 한 거지가 말해 주었는데요. 〈누군가를 기다리고 있었다. 그 사람이 오면 함께 일어나 갔다〉고 하더군요. 하지만 그 다른 사람의 인상착의는 기억을 못 하더군요. 그저 〈어디서나 볼 수 있는 흔한 인상〉이라고만 했어요.」

「계속 알아보게.」 매그레가 말했다.

그러고는 아내에게 전화를 하여, 좀 늦게 들어가겠다고 알렸다. 자동차를 불러 타고 쥐비지 주소를 댔다. 바람이 센 날이었다. 폭풍우가 다가오는지, 낮게 드리운 하늘이 마치 해변처럼 일렁이고 있었다. 운전기사는 퍼플리에가를 다시 찾아내는 데 애를 먹었다. 이번에는 부엌뿐 아니라 2층 침실에도 불이 켜져 있었다.

초인종이 작동하지 않았다. 아마 조의의 표시로 꺼놓은 듯했다. 하지만 누군가 인기척을 듣고는 문간으로 와서 내다보았다. 투레 부인보다 네댓 살쯤 더 많아 보이는, 하지만 역시 닮은 데가 있는 여자였다.

「매그레 반장입니다⋯⋯.」 그가 말했다.

그러자 그녀는 부엌을 향해 소리쳤다.

「에밀리!」

「나도 들었어. 들어오시라고 해.」

그는 부엌으로 안내되었다. 식당에는 곳곳에 촛불을 켜고 작은 예배당과도 같이 차려 놓았다. 좁은 복도에 꽃과 양초 냄새가 가득했다. 차가운 음식을 차려 놓은 식탁 앞에 여러 사람이 앉아 있었다.

「실례합니다.」

「제 제부인 마냉 씨를 소개하지요. 철도원이에요.」

「반갑습니다…….」

마냉은 근엄하고도 멍청한 인상이었다. 붉은 콧수염을 기르고, 목울대가 불거진 남자였다.

「제 동생 잔은 아시지요. 이쪽은 셀린 언니예요…….」

작은 부엌이 꽉 찼다. 모니크만이 자리에서 일어나지 않은 채 반장을 뚫어져라 바라보고 있었다. 아마도 자기 때문에 왔으리라고, 알베르 조리스에 대해 심문을 하리라고 생각했는지, 두려움으로 굳어진 얼굴이었다.

「셀린 언니의 남편인 랑댕 씨는 오늘 밤 파란 기차[12]를 타고 와요. 장례식에는 맞춰 도착할 거예요. 좀 앉으시겠어요?」

12 호화 야간 기차로, 1922년부터 2007년까지 칼레-지중해 노선을 운행했다.

그는 고개를 저었다.

「그를 보러 오셨군요?」

그녀는 준비해 놓은 것을 굳이 보여 주려 했다. 그녀를 따라 옆방으로 가보니, 루이 투레는 아직 뚜껑을 덮지 않은 관 속에 누워 있었다. 그녀는 나직이 속삭였다.

「꼭 자는 것 같지요.」

그는 격식을 차리느라 회양목 가지를 하나 집어 성수에 담그고 성호를 긋고 잠시 말없이 입술을 움직인 다음 다시 성호를 그었다.

「자기가 가는 줄도 모르고 갔지요…… 그렇게나 낙천적이었는데.」 그녀는 말했다.

발소리를 내지 않게 조심하며 방을 나와 그녀는 다시 문을 닫았다. 다들 매그레가 떠나기를 기다리느라 식사를 미루고 있었다.

「반장님도 장례식에 오시겠어요?」

「오겠습니다. 바로 그 때문에 온 겁니다.」

모니크는 줄곧 꼼짝도 하지 않았지만, 그 말에 안도하는 눈빛이었다. 매그레는 그녀에게 전혀 관심을 두지 않는 척했는데도, 그녀는 여전히 미동도 하지 않았다. 마치 그렇게 해서 불길한 운명을 피하기라도 하려는 것처럼.

「부인과 자매분들께서는 장례식에 올 분들을 대개 다 아시겠지만, 저는 그렇지 못하니까요.」

「이해합니다!」 제부 마냉이 말했다. 마치 자기가 매그 레의 생각을 다 알기나 한다는 듯이.

그러고는 마치 이렇게 말하는 듯한 표정으로 다른 사람들을 돌아보았다.

〈두고 보면 알게 돼!〉

「제 부탁은 그저, 만일 여러분이 보시기에 이상하다 싶은 조문객이 눈에 띄면 제게 알려 달라는 것입니다.」

「범인도 올 거라고 생각하시나요?」

「꼭 범인이라기보다…… 그냥 아무것도 소홀히 하고 싶지 않아서요. 고인의 지난 3년 동안의 행적에 미심쩍은 부분이 좀 있습니다.」

「여자가 있었다고 생각하세요?」

투레 부인의 표정이 한층 더 딱딱해졌을 뿐 아니라, 다른 두 자매의 얼굴도 절로 똑같은 표정을 띠었다.

「아직 아무것도 밝혀지지 않았습니다. 조사 중이지요. 내일, 그렇게 신호해 주시면 제가 알아차리겠습니다.」

「저희가 모르는 사람은 전부 알려 드려요?」

그는 고개를 끄덕이고는 실례가 많았다며 자리를 떴다. 마냉이 문간까지 따라 나왔다.

「뭔가 단서를 찾으셨습니까?」 그는 환자의 병상을 왕진했던 의사를 따라 나와 남자 대 남자로 묻는다는 듯한 말투로 물었다.

「아니오.」

「전혀 아무 단서도 없습니까?」

「없습니다. 안녕히 계십시오.」

르뢰르 재판에서 증언할 차례를 기다리는 동안 그의
어깨를 짓눌렀던 중압감은 이 방문으로도 덜어지지 않았
다. 파리로 돌아가는 자동차 안에서 그는 생각에 잠겼다.
사건과는 무관한 상념들이었다. 스무 살 때 처음 파리에
상경했을 때, 그의 마음을 가장 흔들어 놓았던 것은 대도
시의 끊임없는 동요, 수십만의 인간들이 무엇인가를 찾
아 끊임없이 움직이고 있다는 인상이었다.

몇몇 중심지에서는 그런 동요가 한층 더 확연했다. 가
령 중앙 시장, 클리시 광장, 바스티유, 그리고 루이 씨가
피살된 저 생마르탱 대로…….

그 시절 그에게는 충격이었던 것, 마치 낭만적 열기와
도 같은 무엇을 전해 주었던 것은, 끊임없이 술렁이는 그
군중 가운데서도 끈을 놓아 버린 자들, 낙망한 자들, 패배
한 자들, 될 대로 되라고 포기해 버린 자들이었다.

그 후로 그는 차츰 그들을 알게 되었지만, 이제 그에게
깊은 인상을 주는 것은 더 이상 그들이 아니라 그들보다
한 계단 위에 있는 자들, 내로라 할 것은 없으나마 착실하
고 근면하게 살아가는 자들이었다. 날마다 살아남기 위
해, 또는 살아남았다는 환상을 가지기 위해, 아직 살아 있

고 인생이 살 만하다고 믿기 위해 투쟁하는 자들이었다.

지난 25년 동안, 매일 아침 루이 씨는 밀랍 먹인 도시락 보에 싼 점심을 가지고, 똑같은 통근자들과 함께 똑같은 기차를 타고 출근하여, 저녁이면 집에, 굳이 말하자면 〈세 자매의 집〉으로 돌아갔다. 비록 셀린과 잔이 좀 떨어져 살기는 했지만, 세 여자는 마치 돌벽처럼 지평선을 막아서는 것이었다.

「사무실로 갈까요, 반장님?」

「아니. 집으로.」

그날 저녁 그는 여느 때처럼 아내와 함께 본누벨 대로에 있는 영화관에 갔고, 오며 가며 아내와 팔짱을 낀 채 생마르탱 대로의 그 골목 앞을 두 번이나 지나쳤다.

「기분이 별로예요?」

「아니.」

「저녁 내내 말 한마디 안 하고.」

「아, 그랬나. 몰랐는데.」

새벽 3~4시부터 비가 내리기 시작하더니, 빗물이 홈통 속을 콸콸 흐르는 소리가 잠결에 들려왔다. 아침 식사를 할 때쯤에는 양동이로 들이붓는 듯한 기세였고, 돌풍이 일어 보도 위의 사람들은 막 뒤집힐 듯한 우산을 머리 위로 바짝 붙여 쓰고 있었다.

「만성절[13] 무렵 날씨는 늘 이렇다니까요.」 매그레 부인이 말했다.

매그레가 기억하기에 만성절은 늘 흐리고 바람이 많이 불고 추웠지만 비는 오지 않았던 것 같았다. 왜 그런지는 알 수 없었다.

「오늘도 할 일이 많아요?」

「글쎄, 아직 몰라.」

「고무장화를 신는 게 좋을 거예요.」

그는 그렇게 했다. 택시를 잡기도 전에 이미 어깨가 다 젖어 버렸고, 차에 오르자 모자에서 찬물이 뚝뚝 떨어져 내렸다.

「오르페브르 강변로로.」

장례식은 10시였다. 그는 일일 보고가 채 끝나기 전에 나와, 국장의 방에 잠깐 들르고는, 함께 가기로 한 느뵈를 기다렸다. 느뵈는 이제 생마르탱 대로 주변의 사람들을 꽤 알아 둔 터였으므로, 혹시나 해서 데려가 보는 것이었다. 일단 생각대로 밀고 나가 보는 수밖에 없었다.

「조리스 소식은 아직 없나?」 그는 뤼카에게 물었다.

딱히 이유는 없었지만, 매그레는 청년이 아직 파리에 있으리라고 믿고 있었다.

「친구들 명단을 만들어 보게. 요 몇 년 동안 가깝게 지낸 친구들 모두.」

13 기독교의 모든 성인을 기념하는 축일로, 11월 1일에 해당한다.

「벌써 만들고 있어요.」

「계속하게.」

그는 역시 흠씬 젖어 문간에 나타난 느뵈를 데리고 나섰다.

「장례식 날씨치곤 대단하군요!」 형사는 투덜거렸다. 「차를 대절하겠지요?」

「아마 아닐걸.」

10시 10분 전에, 그들은 초상집 앞에 도착했다. 문 앞에 은테를 두른 검은 깃발이 드리워져 있었다. 우산을 든 사람들이 서성이고 있는 보도는 포장이 되지 않아, 누런 진흙 사이로 빗물이 도랑을 이루고 있었다.

몇몇 사람이 들어가서 조문을 하고는 방금 치른 격식 덕분에 굳어진 얼굴로 돌아 나왔다. 약 50명가량이 모였는데, 이웃집 문간에서 비를 피하는 사람들도 더러 있었다. 이웃 사람들은 창가에서 내다보다가, 아마 마지막 순간에야 집을 나설 모양이었다.

「안 들어가십니까, 반장님?」

「조문은 어제 했네.」

「영 썰렁하네요.」

느뵈는 날씨가 아니라 그 집의 전반적 분위기를 말하는 것이었다. 하지만 그만한 집을 갖기를 꿈꾸는 사람들도 부지기수일 터였다.

「왜 이런 곳에서 살까요?」

「자매들이 다 여기 사니까.」

철도원 제복을 입은 남자들이 여러 명 눈에 띄었다. 조차장이 멀지 않은 이 신축 주택 단지에는 주로 철도와 관련된 사람들이 사는 듯했다.

영구 마차가 먼저 도착했다. 뒤이어, 십자가를 든 복사 아이를 앞세우고 우산을 쓴 중백의(中白衣) 차림의 사제가 빠른 걸음으로 나타났다.

이 길에는 바람막이가 될 만한 것이 전혀 없어서, 젖을 대로 젖은 옷이 몸에 찰싹 들러붙었다. 관도 금방 젖어 버렸다. 가족이 복도에서 기다리는 동안, 투레 부인은 자매들과 뭔가 의논하는 눈치였다. 우산 개수가 충분치 않은 것인지?

자매들은 격식을 갖춘 상복 차림이었고, 그 남편들도 마찬가지였다. 그들 뒤에는 모니크와 사촌 자매 셋이 뒤따랐다.

여자가 모두 일곱 명이군. 어머니들 못지않게 딸들도 모두 닮은꼴이었다. 여자들이 대세인 집이고, 남자들도 자신들의 열세를 의식하고 있는 듯했다.

말들이 고개를 흔들며 콧바람을 냈다. 가족은 영구 마차 뒤에 자리 잡았고, 가까운 친지나 이웃인 듯한 사람들이 앞줄에 섰다.

나머지 사람들은 몰아치는 비 때문에 되는 대로 그 뒤를 따라갔다. 집들 쪽에 바짝 붙어 보도 위로 가는 사람들도 있었다.

「알 만한 사람이 안 보이나?」

　그들이 찾는 부류의 사람은 아무도 없었다. 반지의 여인 역할을 할 만한 여자도 전혀 없었다. 여우 목도리를 두른 여자가 하나 있기는 했지만, 반장은 그녀가 그 길의 어느 집에서 나와 현관문을 잠그는 것을 이미 본 터였다. 남자들로 말하자면, 그중 한 사람도 생마르탱 대로의 벤치 위에 앉아 보았을 것 같지 않았다.

　매그레와 느뵈는 그래도 끝까지 자리를 지켰다. 다행히 미사는 없었고, 사죄경(赦罪經)이 전부였다. 아무도 예배당 문을 닫을 생각을 못 한 탓에, 바닥의 포석들이 금방 젖어 버렸다.

　매그레는 두 번이나 모니크와 시선이 마주쳤고, 두 번 다 젊은 여자의 가슴을 옥죄는 두려움을 읽을 수 있었다.

「묘지까지 따라가나요?」

「별로 멀지 않아. 혹시 모르니까.」

　발목까지 빠지는 진창 속을 철벅거리며 가야 했다. 파놓은 구덩이가 아직 길도 제대로 나 있지 않은 새로운 구역에 있었기 때문이다. 투레 부인은 매그레와 눈이 마주칠 때마다 그가 부탁한 일을 잊지 않았다는 듯이 주위 사람들을 세심히 둘러보았다. 그가 다른 사람들처럼 구덩이 앞에 늘어선 가족에게 조의를 표하러 다가가자 그녀는 속삭였다.

「제 눈에 띄는 사람은 없는데요.」

그녀는 추워서 코가 빨개졌고, 들이치는 비 때문에 분화장도 지워졌다. 사촌이라는 아가씨들도 모두 비에 젖어 번들거렸다.

그들은 철책 앞에서 잠시 기다린 다음 맞은편 카페로 들어갔고, 매그레는 그로그[14] 두 잔을 주문했다. 그들만이 아니었다. 잠시 후에는 장례식에 참석했던 사람들 중 절반은 그 작은 카페에 들어서서 시린 발을 녹이느라 바닥을 굴렀다.

사방에서 들려오는 대화 중에 한마디가 그의 귓전에 머물렀다.

「부인은 연금도 없다지?」

자매들은 남편이 철도원이라 연금을 받게 될 테지만, 투레 부인은 그렇지 못한 것이었다. 애당초 루이 씨는 가족 중에 가장 처지는 축이었다. 그는 창고 관리인에 지나지 않았을뿐더러, 연금 같은 것을 받을 처지가 못 되었다.

「이제 모녀는 어떻게 사나?」

「딸은 직장에 나가잖아. 아마 하숙인을 들여야겠지.」

14 럼 또는 브랜디에 설탕, 레몬, 뜨거운 물을 섞은 음료.

「그만 가볼까, 느뵈?」

파리까지 오는 동안 내내 비가 내렸다. 시내의 보도에도 빗발이 내리치고, 자동차들은 진흙으로 테를 두르고 있었다.

「어디 내려 줄까?」

「집에 가봤자 소용없겠지요. 어차피 이 옷을 다시 입어야 할 테니까요. 그냥 수사국에 내려 주세요. 거기서 택시를 타고 지서로 가지요.」

수사국 복도에도 예배당 포석 위에 나 있던 것과 같은 젖은 발자국이 나 있었고, 차고 축축한 공기도 마찬가지였다. 손목에 수갑을 찬 한 사내가 도박 단속반 반장의 사무실 문 근처의 벤치 위에서 기다리고 있었다.

「별 일 없나, 뤼카?」

「라푸앵트가 전화했습니다. 브라스리 드 라 레퓌블리크에서요. 방을 찾았답니다.」

「루이의 방 말이지?」

「그렇다는데, 집주인은 수사에 비협조적인가 봅니다.」

「전화해 달라던가?」

「직접 와주시면 더 좋겠다더군요.」

그렇게 속속들이 젖은 채로 사무실에 앉아 있느니 차라리 직접 가는 편이 낫겠다 싶었다.

「그 밖에 다른 건?」

「그 청년 일로 잠깐 긴장했었지요. 몽파르나스 역 대기실에서 그를 보았다는 보고가 있어서요. 그런데 착각이었나 봅니다. 그냥 닮은 사람이었대요.」

매그레는 다시 작고 검은 자동차에 탔고, 몇 분 후에는 레퓌블리크 광장 곁의 브라스리에 들어섰다. 라푸앵트는 커피 한 잔을 앞에 놓고 난롯가에 앉아 있었다.

「그로그 한 잔!」 그는 주문했다.

하늘에서 떨어지는 차가운 물의 일부가 콧구멍에 들어가기라도 했는지, 몸살기가 있었다. 어쩌면 장례식에서 감기에 걸린다는 속담대로인지?

「어딘가?」

「요 바로 옆이에요. 우연히 찾아냈지요. 숙박업소가 아니라서 우리 목록에는 나오지 않는 집이에요.」

「확실하기는 한가?」

「직접 주인을 만나 보세요. 대로들을 훑으며 다니다가 앙굴렘가를 지나던 길이었는데, 창문에 붙여 놓은 팻말이 눈에 띄었어요. 〈세놓을 방 있음〉이라고요. 수위도 없는 작은 3층집이에요. 그래서 초인종을 누르고 방을 보고 싶다고 했지요. 주인이 나오는데 보니까, 한때는 붉은 머리에 꽤 미인이었을 것 같은 중년 여자더군요. 지금은 다 늙어서 머리가 세고 숱도 줄어든 데다, 하늘색 가운을 입고 있던 몸매도 후줄근하지만요.

〈당신이 쓰려고요?〉 여자는 문을 다 열지 않고 틈새로 내다보며 묻더군요. 〈혼자 오셨나요?〉

그러자 2층 방문이 살며시 열리는 소리가 나더니 층계참 위쪽에서 예쁜 여자가 내려다보았어요. 역시 가운 차림이더군요.」

「색싯집인가?」

「딱히 그런 것 같지는 않았어요. 하지만 주인 여자는 한때 그런 계통에 있었던 것 같기도 해요.

〈월세를 원하세요? 어디서 일하지요?〉

그런 질문들을 하면서, 여자는 나를 2층으로 데려갔어요. 안뜰로 난 방이었는데, 가구도 제법 갖추어져 있더군요. 제 취향에는 너무 폭신하게 꾸며진 방이었지만요. 싸구려 비단이며 벨벳을 잔뜩 씌우고 긴 의자에는 인형을 올려놓은, 아직도 여자 냄새가 나는 듯한 방이었어요.

〈여기 주소는 누가 알려 줬죠?〉

하마터면 그냥 팻말을 봤다고 말할 뻔했어요. 말하는 내내 가운 밖으로 삐져나올 듯한 늘어진 젖가슴이 보여 민망하더군요.

〈친구 하나가 가르쳐 줬습니다.〉

그러고는 지나가는 말처럼 덧붙였지요.

〈여기 살았다더군요.〉

〈이름이 뭔데요?〉

〈루이 씨요.〉

순간 여자가 그를 아는구나 하는 직감이 왔습니다. 안색이 달라지더군요. 목소리까지 달라진 듯했어요.

〈그런 사람 몰라요!〉 그녀는 건조한 말투로 내뱉었습니다. 〈귀가 시간이 늦나요?〉

그녀는 저를 받아들이지 않을 구실을 찾는 눈치였습니다.

〈사실 제 친구는 여기 오래 있지는 않았을 거예요.〉 저는 아무것도 모르는 척 밀고 나갔습니다. 〈낮에 일하지 않으니까 일찍 일어나지도 않고요.〉

〈방을 빌릴 거예요, 말 거예요?〉

〈빌리겠습니다. 그런데…….〉

〈선금이에요.〉

저는 호주머니에서 지갑을 꺼냈습니다. 그러면서 우연인 척 루이 씨의 사진을 꺼냈지요.

〈자! 보세요. 그 친구예요.〉

그녀는 흘긋 보더니 다시 눈길을 주지 않았습니다.

〈말이 잘 통하지 않는 것 같네요.〉 그녀는 문간으로 가며 말했습니다.

〈하지만…….〉

〈그만 내려가시겠어요? 불 위에 뭘 좀 올려놓은 게 있어서.〉

그녀는 그를 아는 게 분명하다는 생각이 들었어요. 집을 나서는데 커튼이 움직이더군요. 분명 내다보고 있었을 거예요.」

「가보세!」 매그레가 말했다.

바로 곁이기는 했지만, 그래도 자동차를 타고 집 앞까지 갔다. 창문의 커튼이 다시 살짝 움직였다. 문을 열러 나온 여자는 여전히 옷을 제대로 입지 않고 가운 차림이었는데, 그 하늘색은 정말 어울리지 않았다.

「무슨 일이에요?」

「수사국입니다.」

「왜 그러시는데요? 안 그래도 저 젊은 사람이 귀찮은 일을 만들 것 같더니만!」 그녀는 라푸앵트에게 눈을 흘기며 투덜거렸다.

「들어가서 얘기하는 게 좋겠습니다.」

「들어오시는 거야 안 말리지요. 숨길 거 하나도 없답니다.」

「그런데 왜 루이 씨가 여기 살았다는 걸 인정하지 않았습니까?」

「그야 저 사람과는 아무 상관없는 일이니까요.」

작은 거실 문이 열려 있었다. 지나치게 난방이 된 방 안에는 고양이, 하트 모양, 음표 등이 수놓인 야한 색깔의 쿠션들이 곳곳에 널려 있었다. 커튼 틈새로 빛이 거의 들지 않았으므로, 그녀는 커다란 주황색 등갓이 달린 플로어 램프를 켰다.

「대체 용건이 뭐예요?」

매그레도 자기 주머니에서 지금 막 매장하고 온 루이 씨의 사진을 꺼냈다.

「이 사람 맞지요?」

「그래요. 뭐 이러나저러나 알아내고 말 테니까.」

「이 사람이 여기 산 지 얼마나 됐습니까?」

「2년쯤이요. 어쩌면 좀 더 됐을 거예요.」

「사람이 많습니까?」

「세입자들이요? 그야 여자 혼자 살기에는 큰 집이니까요. 요즘은 다들 살 데를 구하기도 쉽지 않고요.」

「몇 명입니까?」

「지금은 세 명이요.」

「그리고 빈방이 하나 있고?」

「그래요. 저 젊은 사람한테 보여 준 거요. 아무나 믿는 게 아니었는데.」

「루이 씨에 대해 뭘 압니까?」

「조용한 사람이었어요. 아무 문제도 일으키지 않는. 그야 밤에 일했으니까요…….」

「어디서 일했는지도 압니까?」

「물어볼 만큼 관심이 있지 않았어요. 저녁에 나갔다가

아침에 돌아왔지요. 잠도 별로 자지 않는 것 같았어요. 전 그 사람한테 좀 더 자야 하는 거 아니냐고 가끔 말했지만, 밤에 일하는 사람들은 대개 그런 모양이더라고요.」

「찾아오는 손님은?」

「정확히 알고 싶은 게 뭐예요?」

「신문을 읽었으니 알 거 아닙니까…….」

탁자 위에 조간신문이 놓여 있었다.

「무슨 얘긴지 알겠어요. 하지만 내게 귀찮은 일을 만들지 않겠다고 약속해야 해요. 나도 경찰이 어떤지 아니까요.」

매그레는 풍기 단속국의 묵은 서류들을 뒤지면 이 여자의 파일도 나오리라는 확신이 들었다.

「세입자를 들이는 건 사실이지만, 그렇다고 동네방네 떠들 건 없잖아요. 그 사람들에 대해 신고해야 하는 것도 아니고요. 범죄도 아닌걸요. 그런데도 날 귀찮게 하겠다면…….」

「그야 당신한테 달렸습니다.」

「약속하는 거예요? 우선, 계급이 뭐예요?」

「매그레 반장입니다.」

「좋아요! 알았어요! 내가 생각했던 것보다 심각한 모양이네. 대개는 풍기 단속국에서 나왔었는데…….」

그러더니 어찌나 저속한 말을 되는 대로 내뱉는지 라푸앵트의 얼굴이 붉어졌다.

「그 사람이 죽었다는 거 나도 알아요. 하지만 그게 다예요.」

「당신은 그를 뭐라고 불렀습니까?」

「루이 씨. 그게 다예요.」

「갈색 머리의 중년 여자가 찾아오곤 했지요?」

「고운 여자였어요. 채 마흔도 못 된 것 같고, 행동거지가 참했지요.」

「자주 왔습니까?」

「일주일에 서너 번이요.」

「그 여자 이름도 압니까?」

「앙투아네트 부인이라고 불렀지요.」

「성은 없이 그냥 이름으로만 부르는 게 버릇인가요?」

「전 남의 일을 일일이 캐묻지 않아요.」

「오면 오래 있었습니까?」

「있을 만큼 있었지요.」

「오후 내내?」

「어떤 때는요. 어떤 때는 그냥 한두 시간 만에 가기도 하고요.」

「아침에는 온 적이 없습니까?」

「아뇨. 어쩌면 그랬는지도 모르지만, 하여간 자주는 아니었어요.」

「그 여자 주소도 갖고 있습니까?」

「물어본 적 없어요.」

「다른 세입자들은 모두 여자입니까?」

「그래요. 루이 씨만 남자였어요.」

「그는 여자 세입자들과 친하게 지냈습니까?」

「같이 잤느냐는 말인가요? 그건 아니에요. 게다가 그 사람은 그런 일에는 별 관심도 없었어요. 만일 그쪽에서 원했다면야…….」

「자주 오가기는 했습니까?」

「얘기야 했지요. 여자들이 가끔 그 사람을 찾아가 불이나 담배나 신문 같은 걸 빌리기도 했고요.」

「그게 다입니까?」

「얘기를 하곤 했어요. 가끔은 뤼실과 카드놀이를 하기도 했고요.」

「그녀는 지금 집에 있습니까?」

「이틀째 돌아오지 않았어요. 가끔 있는 일이에요. 누군가 만났겠지요. 잊지 마세요. 이런 일로 저를 귀찮게 하지 않겠다고 약속한 거. 저나 제 세입자들이나 말이에요.」

그는 자기가 아무것도 약속한 바 없다는 말을 굳이 반복하지 않았다.

「그 밖에는 찾아온 사람이 없습니까?」

「요 얼마 전에 두어 번인가 누가 와서 그 사람을 찾긴 했어요.」

「젊은 여자였지요?」

「그래요. 그 사람 방에는 올라가지 않았고, 자기가 왔다고 알려만 달라더군요.」

「이름을 말했나요?」

「모니크라고 했어요. 복도에서 기다렸고, 거실에도 들어오려 하지 않았어요.」

「그래서 그가 내려왔나요?」

「처음에는 낮은 소리로 뭔가 한참 얘기하더군요. 그러자 여자는 돌아갔어요. 그 다음번엔 함께 나갔지요.」

「그 여자가 누군지 말하지 않던가요?」

「아뇨. 그냥 예쁘냐고만 물었어요.」

「그래서 뭐라고 했나요?」

「지금 그 나이에는 곱살하지만 몇 년 지나면 아주 억세어질 것 같다고 했지요.」

「그 밖에 다른 사람은?」

「좀 앉지 않으시겠어요?」

「아니, 고맙소만, 옷이 다 젖어서.」

「하긴 저도 집을 깨끗하게 관리하는 편이에요. 잠깐만요. 또 누가 온 적이 있어요. 젊은 남자였는데, 이름은 말하지 않더군요. 루이 씨한테 손님이 있다고 말했더니 좀 당황해하더라고요. 올려 보내라 했고, 청년은 한 10분쯤 있다 갔어요.」

「그 일이 있은 지 얼마나 됐습니까?」

「한창 무덥던 8월이었어요. 덥고 파리가 날리던 게 생각나니까요.」

「그 청년도 다시 찾아왔습니까?」

「한번은 두 사람이 함께 돌아왔어요. 길에서 만난 것 같더군요. 그래서 함께 올라갔다가, 청년은 곧 돌아갔어요.」

「그게 다인가요?」

「그만하면 된 것 같네요. 이제 당신도 방에 올라가 봐야겠지요?」

「그렇습니다.」

「3층이에요. 당신 부하에게 보여 준 방의 맞은편, 길 쪽으로 난 방이에요. 여기선 녹색 방이라고들 하지요.」

「함께 가서 보여 주면 좋겠군요.」

그녀는 한숨을 쉬더니, 하는 수 없다는 듯 앞장서서 계단을 올라갔다.

「약속한 거 잊으시면 안 돼요…….」

그는 어깨를 으쓱했다.

「만일 저한테 귀찮은 일이 생기면, 법정에 가서 다 부인할 거예요.」

「열쇠 가지고 있습니까?」

2층 문이 조금 열린 틈으로 알몸의 젊은 여자가 손에 목욕 수건을 들고서 그들을 지켜보는 것이 그의 눈에 들어왔다.

「마스터키가 있어요.」

주인 여자가 말했다. 그러고는 층계참을 향해 소리쳤다.

「단속 나온 거 아니야, 이베트!」

5
순경의 미망인

　방 안의 가구는 동네 경매장에서 사들인 듯했다. 호두
나무 원목으로 만든 것으로, 50~60년은 족히 되어 보였
으며, 특히 거울 달린 커다란 옷장이 돋보였다.

　방에 들어서던 매그레의 눈에 가장 먼저 뜨인 것은 옥
양목 천으로 덮어 놓은 둥근 탁자 위에 놓인 새장이었다.
인기척이 나자 새장 안의 카나리아가 파닥이기 시작했던
것이다. 그것은 생브롱 씨가 사는 메지스리 강변로의 집
을 생각나게 했다. 루이 투레는 필시 늙은 경리를 방문하
고 나오다가 옆 가게에서 그 새를 샀을 것이었다.

　「그 사람 건가요?」

　「한 1년쯤 전에 가져왔어요. 그런데 속아 샀는지, 새가
울지를 않아요. 암놈을 수놈으로 속여 팔아먹은 거지요.」

　「살림은 누가 했습니까?」

　「저는 셋방에 가구와 시트는 제공하지만 시중은 들지

않아요. 한때 그래 본 적도 있지만, 하녀들과 자꾸 말썽이 생겨서요. 그리고 제 세입자들은 거의 다 여자이다 보니…….」

「루이 씨가 손수 청소를 했습니까?」

「침대를 정돈하고 쓸고 닦았지요. 일주일에 한 번쯤, 이 방만은 제가 한 차례씩 닦아 주기도 했고요.」

그녀는 문간에 서 있었고, 반장은 그게 다소 신경에 거슬렸다. 그가 보기에 이 방은 평범한 방이 아니었다. 그것은 루이 씨가 은신처로 고른 장소였다. 다시 말해, 거기 있는 물건들은 대개의 경우에 그렇듯이 일상생활의 자질구레한 필요에 따른 것이 아니라, 거의 은밀한 개인적 취향을 나타내는 것들이었다.

거울 달린 옷장 안에는 양복 한 벌 걸려 있지 않았지만, 누런 구두 세 켤레가 구두 골에 깔끔하게 걸려 있었다. 또한 선반 위에는 연회색 모자가 하나 있었는데, 자주 썼던 것 같지는 않고 아마도 쥐비지의 분위기에 대항하듯 기분 내키는 대로 사들인 물건인 듯했다.

「경마를 했습니까?」

「아닐걸요. 그런 얘긴 한 적이 없어요.」

「당신과 자주 얘기했나요?」

「그저 지나가다 잠깐 거실에 들러 몇 마디씩 하곤 했지요.」

「명랑한 사람이었습니까?」

「인생에 만족한 듯이 보였어요.」

역시 자기 아내의 취향에 반발하듯, 그는 나뭇가지 무늬의 실내용 가운과 붉은 염소 가죽 실내화도 사놓았다.

방은 잘 정돈되어 모든 물건이 제자리에 있었고, 가구에는 먼지 한 점 보이지 않았다. 옷장 안에서 매그레는 마개를 딴 포르토 와인 한 병과 굽 달린 잔 두 개를 찾아냈다. 옷걸이에는 비옷이 한 벌 걸려 있었다.

그 점은 미처 생각지 못했었다. 낮에 비가 오고 저녁에는 오지 않는 경우, 루이 씨는 젖은 옷을 입은 채로 쥐비지로 돌아갈 수는 없었을 터였다.

그는 독서로 시간을 보낸 듯했다. 서랍장 위에는 책들이 나란히 놓여 있었다. 대개는 염가판 액션 소설이었고, 추리 소설도 두어 권 있었는데, 추리 소설은 더 사지 않은 것으로 보아 별로 마음에 들지 않은 듯했다.

창가에 안락의자가 놓여 있었고, 바로 옆 탁자 위에는 마호가니 액자에 끼운 40대 여성의 사진이 들어 있었다. 갈색 머리에 검은 옷차림이었다. 보석상 점원이 묘사한 바에 들어맞았다. 그녀는 키가 커서 거의 투레 부인쯤 될 듯했고, 부인 못지않게 다부지고 탄탄한 몸집이었다. 아울러, 일부 계층에서 〈당당한 풍채〉라 부르는 것을 지니고 있었다.

「늘상 드나들었던 게 이 여자로군요?」

「맞아요.」

그는 서랍에서 다른 사진들도 찾아냈다. 자동 사진기에서 찍은 사진들로, 루이 씨 자신의 것도 있었다. 얼굴이 다소 흐릿하게 나왔는데, 옷장에 들어 있는 그 회색 모자를 쓴 모습이었다.

양말 두 켤레와 넥타이 몇 개를 제외하면, 그 방에 다른 개인 소지품은 없었다. 셔츠도 팬티도 없었고, 서류나 묵은 편지 같은, 살다 보면 어느새 서랍 속에 수북이 쌓이게 마련인 잡동사니도 일절 보이지 않았다.

매그레는 어린 시절에 무엇인가 부모에게 감추고 싶은 것이 있었을 때 하던 버릇이 생각나서 거울 달린 옷장 앞에 의자를 하나 가져다 놓고 올라가 보았다. 짐작대로, 옷장 위에는 먼지가 두텁게 쌓여 있었지만, 큰 봉투나 책이 있던 자리처럼 무엇인가 놓였던 자리가 네모난 흔적으로 남아 있었다.

그는 아무런 내색도 하지 않았다. 여자는 줄곧 그를 지켜보고 있었고, 라푸앵트가 말했던 대로 젖가슴 한 쪽이, 늘 같은 한 쪽이 화장복 밖으로 비어져 나와 마치 빵 반죽처럼 물렁하게 늘어지곤 했다.

「그가 방 열쇠를 갖고 있었습니까?」

시신에서는 쥐비지 집의 열쇠밖에 발견되지 않았다.

「열쇠가 하나 있긴 했지만, 나갈 때면 제게 맡겼어요.」

「다른 세입자들도 그렇게 합니까?」

「아뇨. 그 사람 말이 자기는 노상 뭘 잃어버린다면서, 아래층에 열쇠를 맡겨 두고 올라오기 전에 찾아가는 게 낫다고 했어요. 저녁 늦게 올 일도 없으니까요……」

매그레는 액자에서 사진을 꺼냈다. 방을 나서기 전에, 그는 새장의 물을 갈아 주고 방 안을 조금 더 둘러보았다.

「아마 다시 올 겁니다.」 그가 말했다.

여자는 앞장서서 계단을 내려갔다.

「한잔 권해도 소용없겠지요?」

「이 집에 전화가 있습니까? 그렇다면 번호를 알려 주십시오. 물어볼 게 생길 수도 있으니까.」

「바스티유 22-51이에요.」

「이름은?」

「마리에트. 마리에트 지봉이에요.」

「고맙습니다.」

「이제 다 끝났나요?」

「지금으로서는 그렇습니다.」

라푸앵트와 그는, 여전히 세차게 쏟아지는 비를 맞으며, 자동차를 향해 뛰어갔다.

「길모퉁이까지만 가주게.」 매그레가 명령했다.

그러고는 라푸앵트를 향해 말했다.

「자넨 다시 그 집으로 가게. 내가 위층 방에 파이프를 두고 왔거든.」

매그레는 어디를 가든 파이프를 흘리는 법은 없었다. 더구나 항상 두 개씩 주머니에 넣어 가지고 다니는 것이었다.

「일부러 그러신 거예요?」

「그래. 마리에트의 주의를 잠시 붙들어 두게. 그런 다음 저기로 오게.」

그는 장작이며 석탄을 팔고 있는 작은 바를 가리켰다. 그러고는 급히 전화기를 향해 달려가 수사국을 부탁했다.

「뤼카 부탁합니다……. 아, 자넨가, 뤼카……? 이 전화번호에 도청 장치를 연결하도록 즉시 조처를 취해 주게. 바스티유 22-51…….」

그런 다음, 라푸앵트를 기다리는 동안, 카운터에서 한 잔 마시는 것 말고는 할 일이 없는 터라, 사진을 찬찬히 들여다보았다. 루이가 자기 아내와 비슷한 체격의 여자를 애인으로 삼았다는 사실은 별로 놀랍지 않았다. 성격까지 비슷할까 하는 의문은 들었지만. 어쩌면 그럴 수도 있었다.

「여기 파이프 가져왔습니다, 반장님.」

「자네가 갔을 때 전화를 하고 있지는 않던가?」

「잘 모르겠는데요. 여자 둘이 함께 있더군요.」

「벌거벗은 여자?」

「가운을 걸쳤던데요.」

「이제 가서 식사를 하게. 이따 오후에 사무실에서 보지. 자동차는 내가 계속 쓰겠네.」

그는 클리냥쿠르가의 레온 양 주소를 불러 주고는, 도중에 차를 세우고 사탕 가게에 들어가 초콜릿 한 상자를 사서, 그것을 외투 속에 품고 보도를 건넜다. 지금처럼 비 맞은 생쥐 꼴로 그렇게 가볍고 섬세한 물건들로 들어찬 가게에 들어간다는 것이 거북하기는 했지만, 어쩔 수가 없었다. 그는 쑥스러운 듯 초콜릿 상자를 내밀며 말했다.

「어머님께 드리세요.」

「이런 것까지 다 신경을 쓰시다니……..」

습기 때문인지, 지난번 왔을 때보다도 실내가 한층 더 후텁지근하게 느껴졌다.

「직접 어머니께 갖다 드리시겠어요?」

그는 그냥 가게에 있겠다고 말했다. 가게에서는 그나마 바깥바람이 조금은 통하는 셈이었으니까.

「이 사진을 보여 드리려고 왔습니다.」

그녀는 사진을 보자마자 놀라서 외쳤다.

「어머나, 마셰르 부인이군요!」

그는 흡족했다. 신문에서 대서특필하는 승리를 거둔 것도 아니었고, 사실 별것 아닐 수도 있었다. 하지만 그는 자신이 루이 씨에 대해 생각했던 것이 틀리지 않았다는 데 만족했다. 루이 씨는 길거리나 브라스리에서 만난 여자와 어울려 다닐 타입은 아니었다. 반장은 그가 모르는 여자에게 접근하여 수작을 거는 것을 도저히 상상할 수 없었다.

「어떻게 아는 사이입니까?」 그는 물었다.

「그야 물론 그녀도 카플랑에서 일했으니까요. 오랫동안은 아니었지만요. 여섯 달인가 일곱 달인가 그랬어요. 그런데 왜 이 사진을 보여 주시는 건가요?」

「루이 씨의 애인이었습니다.」

「아!」

그녀에게는 마음 아픈 일이겠지만, 피할 수 없었다.

「두 사람이 봉디가에서 일하던 시절에는 별다른 기미가 없었나요?」

「아무 일 없었으리라고 장담할 수 있어요. 그녀는 포장반에서 일했지요. 그해에는 열 명에서 열다섯 명가량이 있었어요. 제 기억이 틀림없다면, 그녀는 남편이 순경이라고 했어요.」

「왜 일을 그만두었지요?」

「수술을 해야 했다고 들었어요.」

「감사합니다. 또다시 귀찮게 해드려서 미안합니다.」

「별말씀을요. 생브롱 씨도 만나 보셨나요?」

「그럼요.」

「루이 씨가 저 여자와 함께 살지는 않았지요?」

「그가 레퓌블리크 광장 근처에 세낸 방으로 찾아오곤 했답니다.」

「그냥 친구 사이였을 거예요. 다른 뭐가 있었을 리 없어요.」

「그럴지도 모르지요.」

「회사 장부가 있다면 주소를 알려 드릴 수도 있을 텐데, 다 어디로 갔는지 모르겠네요.」

「남편이 순경이었다니 제가 알아볼 수 있습니다. 마셰르라고 하셨지요?」

「제 기억이 틀리지 않다면, 이름은 앙투아네트라고 했어요.」

「안녕히 계십시오, 레온 양.」

「안녕히 가세요, 매그레 반장님.」

그는 서둘러 가게를 나왔다. 뒷방에서 노파가 움직이는 기척이 났는데, 들어가 그녀에게 인사를 할 용기가 나지 않았기 때문이다.

「경찰청으로 가세.」

「오르페브르 강변로 말씀이세요?」

「아니. 파리 시경(市警)으로.」

정오였다. 사무실과 상점들에서 쏟아져 나오는 사람들

이 단골 식당을 찾아가기 위해 길을 건너려고 서성대고 있었다. 문턱마다 삼삼오오 모여 있는 사람들은 하나같이 음울한 눈길을 하고 있었다. 신문 가판대의 신문들도 온통 젖어 있었다.

「잠시 대기해 주게.」

그는 인사과장을 만나 마셰르라는 순경에 대해 조회해 보았다. 몇 분 후, 그는 실제로 마셰르라는 순경이 있었는데, 2년 전에 어느 싸움판에 끼어들었다가 죽었다는 사실을 알아냈다. 당시 그는 도메닐 로에 살고 있었고, 미망인에게는 연금이 지급되었다. 이들 부부는 자식이 없었다.

매그레는 주소를 옮겨 적었다. 시간을 벌기 위해 그는 뤼카에게 전화를 했다. 그러면 굳이 수사국으로 돌아갈 필요가 없을 터였다.

「아직 전화를 쓰지 않았나?」

「아직은요.」

「전화가 온 것도 없고?」

「주인 여자한테는 아니고요. 세입자 중에 올가라는 여자한테서 옷 가봉 건으로 전화가 왔었어요. 생조르주 광장의 한 재봉사한테서 온 전화로 확인됐습니다.」

점심은 좀 늦게 먹기로 했다. 그는 지나는 길에 잠깐 바에 들어가 아페리티프를 한잔 마시는 것으로 만족하고 다시금 검은 소형차에 몸을 실었다.

「도메닐 로로 가세.」

도메닐 로에서도 번지수가 한참 들어간 곳에 있는, 거의 지하철역 가까이 다다른 곳이었다. 소시민들이 사는 허름한 건물이었다.

「마셰르 부인 댁이 어딥니까?」

「5층 왼쪽이요.」

승강기가 있기는 했지만, 덜컹덜컹하면서 올라가다가, 종종 두 층 사이에서 멈춰 서기도 했다. 문 위의 구리로 된 초인종은 반짝반짝하게 닦여 있었고, 문 앞의 깔개도 깨끗했다. 초인종을 누르자 안에서 곧 발소리가 들려왔다.

「잠깐만요!」 문 저편에서 여자가 소리쳐 대답했다.

아마 편한 차림으로 있다가 옷을 갈아입는 모양이었다. 가운 차림의 모습을 아무에게나, 하다못해 가스 검침원에게까지 내보이는 종류의 여자는 아니었다.

그녀는 아무 말 없이 매그레를 쳐다보았지만, 내심 동요하고 있는 것이 느껴졌다.

「들어오세요, 반장님.」

그녀는 사진에서 본 대로였다. 보석상 점원이 묘사했던 대로, 키가 크고 다부진 체격에 침착하고 안정된 태도였다. 그녀는 찾아온 사람이 누구인지 알아보았고, 용건도 이미 알고 있었다.

「이쪽으로요……. 집안일을 좀 하던 중이었어요…….」

그래도 머리는 단정하게 빗겨 있었고, 주름 하나 없는 어두운 빛깔의 옷을 입고 있었다. 마룻바닥은 잘 닦여 윤이 났다. 문 옆에 있는 펠트 덧신은 아마 밖에서 젖은 발로 돌아왔을 때를 위한 것인 듯했다.

「제가 다 더럽히고 말겠군요.」

「괜찮아요.」

쥐비지의 집만큼 새 집은 아니었지만, 더 잘 가꾸어져 있었다. 거의 비슷한 실내에, 거의 비슷한 가구와 집기, 그리고 찬장 위에는 한 순경의 사진이 액자에 들어 있었고 액자 위에 메달이 걸려 있었다.

그는 그녀를 놀라게 하거나 거북하게 할 생각은 없었다. 더구나 그녀는 놀랄 것 같지도 않았다. 그는 용건을 말했다.

「루이 씨에 대해 얘기를 좀 하고 싶어서 왔습니다.」

「그러실 거라고 생각했어요.」

슬픔이 전해져 왔지만, 그녀는 울거나 하지 않고 침착한 태도를 보였다.

「앉으세요.」

「의자가 젖을 겁니다. 루이 투레 씨와는 친한 사이였지요?」

「저를 좋아했어요.」

「그냥 그 정도였습니까?」

「어쩌면 정말 사랑했는지도 모르지요. 행복해 본 적이 없는 사람이었으니까요.」

「봉디가에서 일할 때부터 이미 특별한 사이였습니까?」

「그때는 제 남편이 살아 있었지요.」

「루이 씨 쪽에서 호감을 보이거나 하지도 않았습니까?」

「포장반에 있던 다른 여자들과 다를 게 없었어요.」

「그럼 나중에, 카플랑사가 문을 닫은 다음에 다시 만난 거로군요?」

「제 남편이 죽은 지 여덟 달인가 아홉 달 만에요.」

「우연히 만난 겁니까?」

「아시다시피 유족 연금만으로는 살기가 어려웠어요. 일자리를 찾아야 했지요. 남편이 살아 있을 때도 이따금 일한 적이 있지만요. 카플랑사에서처럼요. 하지만 정식 직원은 아니었지요. 그런데 이웃 여자 하나가 샤틀레 극장 인사과장에게 저를 소개해 주어서, 좌석 안내원으로 일하게 되었어요.」

「그럼 거기서……?」

「어느 날 낮 상영이 있던 날이었어요. 예, 그래요. 〈80일간의 세계 일주〉가 하고 있었던 것이 생각나요. 루이 씨를 좌석으로 안내하다가 서로 알아보았지요. 그게 다였어요. 그런데 또 왔더군요. 역시 낮 시간이었는데, 들어서면서부터 눈으로 저를 찾더군요. 한동안 그런 식으로 간간이 마주쳤지요. 주중에는 낮 상영이 두 번밖에 없으니까요. 그런데 어느 날 그 사람이 극장을 나가던 길에 묻는 거예요. 아페리티프나 한잔하지 않겠느냐고. 그래서 가벼운 식사를 했지요. 전 저녁 상영 시간에 맞춰 다시 돌아와야 했으니까요.」

「그때 이미 앙굴렘가에 방이 있었습니까?」

「아마 그랬을 거예요.」

「더 이상 일하지 않는다는 애기도 하던가요?」

「그런 말은 안 했어요. 그냥 오후 시간에 자유롭다고만 했지요.」

「그가 뭘 하는지 몰랐습니까?」

「제 쪽에서 먼저 물어볼 수는 없었어요.」

「자기 아내나 딸 애기는 안 하던가요?」

「많이 했어요.」

「어떤 애기였나요?」

「글쎄, 그런 애기를 다시 옮기기는 어렵잖아요. 가정적으로 행복하지 못한 남자가 털어놓는 속사정들이지요……」

「가정생활이 불행했습니까?」

「다들 무시했나 봐요. 동서들 때문에……」

「무슨 말씀이신지 잘 모르겠는데요……」

매그레는 진작부터 그 사정을 너무나 잘 알고 있었지

만, 그녀의 입을 통해 다시 한 번 듣고 싶었다.

「그 사람 동서들은 둘 다 좋은 직장에 있어서, 온 가족이 여행도 공짜로 하고 그런대요…….」

「연금도 있고 말이지요.」

「그래요. 루이 씨한테 좀 더 야망을 갖지 않는다고, 평생 창고 관리인으로 늙을 거냐고 비난한다더군요.」

「그 사람과 만나면 어딜 갔습니까?」

「대개는 생탕투안가에 있는 작은 카페에서 만났어요. 몇 시간씩 얘기를 하곤 했지요.」

「와플을 좋아하시지요?」

그녀는 얼굴을 붉혔다.

「그걸 어떻게 아세요?」

「그가 륀가에서 와플을 사곤 했다더군요.」

「그건 훨씬 나중 일이에요…….」

「당신이 앙굴렘가를 드나들기 시작하면서부터 말이지요.」

「그래요. 그는 자기가 하루 중 일부를 보내는 장소를 제게 보여 주고 싶어 했어요. 그곳을 자기 골방이라고 불렀지요. 아주 자랑스럽게 생각했어요.」

「왜 시내에 방을 얻었는지는 말하지 않던가요?」

「그냥 하루 중 단 몇 시간만이라도 자기만의 공간을 갖고 싶다고 했어요.」

「그와 연인 사이가 되었습니까?」

「자주 그의 방에 갔지요.」

「그가 보석을 선물했지요?」

「여섯 달 전에 귀걸이 한 쌍, 그리고 얼마 전에 반지를 사주었어요.」

그녀는 그 반지를 끼고 있었다.

「좋은 사람이었어요. 정도 많고요. 용기를 북돋아 줄 사람이 필요했지요. 어떻게 생각하실지 모르지만, 저는 그 사람 친구였어요. 하나밖에 없는 친구요.」

「그가 여기 온 적도 있습니까?」

「절대로요! 수위도 있고 이웃 사람들도 있으니까요. 만일 그랬다면 온 동네가 수군댔을 거예요.」

「월요일에도 그를 만났습니까?」

「한 시간쯤이요.」

「언제였지요?」

「정오가 좀 지나서요. 제가 볼일이 좀 있어 나가는 길이었어요.」

「어디로 가면 그를 만날지 알고 있었습니까?」

「약속을 했었어요.」

「전화로 말입니까?」

「아뇨. 전화는 한 적이 없어요. 먼젓번에 만났을 때요.」

「그래, 어디서 만났습니까?」

「항상 그 작은 카페지요. 가끔은 생마르탱가와 대로들이 만나는 모퉁이에서도요.」

「그는 시간을 잘 지켰습니까?」

「그럼요. 월요일에는 날씨가 추웠고 안개가 많이 끼었어요. 저는 기관지가 약해서, 뉴스 영화관에 갔지요.」

「본누벨 대로에 있는 거 말이지요?」

「아세요?」

「몇 시쯤 헤어졌습니까?」

「4시쯤이요. 그러니까 그가 죽기 반 시간 전이지요. 신문에 난 대로라면요.」

「그에게 약속이 있는 것 같던가요?」

「별말 없었어요.」

「자기 친구나, 자주 만나는 사람들에 대해 얘기한 적은 없습니까?」

그녀는 고개를 저었다. 그러고는 식당의 유리 끼운 찬장 쪽을 바라보았다.

「한잔 드려도 될까요? 베르무트밖에 없지만요. 오래된 거예요. 저는 술을 안 마시니까요.」

그는 그러마고 했다. 그녀를 기쁘게 해주려는 뜻에서였다. 아마도 고인이 된 순경이 살아 있던 때부터 있었던 듯한 오래된 병 바닥에 술이 조금 남아 있었다.

「신문을 보고는 반장님을 찾아갈까 생각했었어요. 제

남편이 반장님 애길 자주 했거든요. 아까도 금방 알아보았어요. 사진을 자주 봤으니까요.」

「루이 씨는 이혼하고 당신과 결혼하겠다고는 하지 않았습니까?」

「그러기에는 자기 아내를 너무 두려워했어요.」

「딸은 어땠나요?」

「자기 딸을 무척 사랑했지요. 그 애를 위해서라면 무슨 일이든 했을 거예요. 하지만 가끔 실망하는 것 같더군요.」

「왜요?」

「그냥 그런 눈치였어요. 가끔 슬퍼 보이더군요.」

그녀 자신도 명랑한 편은 아니었고, 단조롭고 기복 없는 말투로 말했다. 가끔 앙굴렘가에 가서 청소를 해준 것도 그녀였을까?

그는 그녀가 루이 앞에서 옷을 벗고 침대에 눕는 것을 상상할 수 없었다. 그녀가 벌거벗거나 속옷 차림인 것도 떠올릴 수가 없었다. 그 두 사람을 생각하면, 그녀가 말한 그 작은 카페의 어둑한 구석에서 나직이 이야기를 나누는 모습이 떠올랐다. 가끔씩 카운터 위쪽의 벽시계에 눈길을 주면서⋯⋯.

「그는 돈을 많이 썼습니까?」

「얼마나 많은 걸 많다고 하시는지 모르지만, 그리 궁색하지는 않았어요. 그냥 편하게 지내는 것이 느껴졌지요.

그가 하는 대로 내버려 두었다면, 제게 별 쓸모도 없는 것들을 많이 사주었을 거예요. 진열창에서 눈에 뜨이는 것마다 사주려 했으니까요.」

「벤치에 앉아 있는 그 사람과 마주친 적은 없습니까?」

「벤치요?」 그녀는 그 질문에 놀란 듯 되물었다.

그녀는 잠시 주저했다.

「한번은 제가 낮 상영 동안 뭘 좀 사러 나갔었어요. 그런데 어떤 남자와 얘길 하고 있더군요. 아주 깡마른 남자였는데, 묘한 인상이었어요.」

「어떤 점이요?」

「마치 화장을 지운 어릿광대나 배우 같다는 느낌이 들었어요. 얼굴을 자세히 보진 못했지만요. 신발이 다 닳아 있었고, 바지 밑단도요.」

「루이 씨한테 그가 누구냐고 물어보았습니까?」

「그저 벤치에서 만난 사람이라고만 했어요. 벤치에서는 별의별 사람을 다 만나게 되어 재미있다고요.」

「그 밖에 아시는 건 없습니까? 장례식에 참석할 생각은 안 하셨나요?」

「엄두가 안 났어요. 조만간 가서 무덤에 꽃이라도 놓아줘야지요. 묘지 관리인에게 물으면 어느 무덤인지 가르쳐 주겠지요. 저, 그런데, 신문에 제 얘기도 나게 되나요?」

「절대로 아닙니다.」

「제겐 중요하거든요. 샤틀레는 엄격해서, 만일 그랬다가는 극장 일자리를 잃을 거예요.」

그는 리샤르르누아르 대로에서 과히 멀지 않은 곳에 와 있었으므로, 운전기사에게 잠깐 집에 들르겠다고 말했다.

「어디 가서 뭘 좀 먹고 오게. 한 시간쯤 후에 데리러 오면 되네.」

점심 식사를 하는 그를, 매그레 부인은 평소보다 더 유심히 바라보더니, 결국 질문을 던졌다.

「대체 무슨 일이에요?」

「내가 뭐 어때서?」

「글쎄, 잘 모르겠는데, 어쩐지 당신 같지가 않아서요.」

「그럼 누구 같은데?」

「그야 모르지만요. 하여간 매그레 당신 같지 않아요.」

그는 웃었다. 너무나 골똘히 루이 생각을 하다 보니, 어느새 자기가 상상해 낸 그의 행동거지, 그의 표정을 하고 있었던 것이다.

「양복을 갈아입어야지요?」

「뭐 하러. 어차피 또 젖을 텐데.」

「또 장례식에 갈 건가요?」

그는 아내가 내주는 양복으로 갈아입었다. 비록 잠시 동안이겠지만, 마른 옷을 입으니 쾌적했다.

오르페브르 강변로에 도착하자, 그는 곧장 사무실로 가지 않고 풍기 단속국부터 들렀다.

「마리에트, 일명 마리 지봉이라는 여자를 아나? 파일을 한번 찾아봐 주게.」

「젊은 여잔가요?」

「50쯤 됐을 거야.」

그러자 형사는 케케묵은 먼지투성이 서류들이 담긴 파일을 꺼내 왔다. 찾는 데는 오래 걸리지 않았다. 지봉, 생말로 출신, 11세부터 생라자르[15]에 세 번 다녀왔고(생라자르가 아직 있던 시절이었다), 꽃뱀질로 두 번 체포된 적이 있었다.

「형을 받았나?」

「증거 불충분으로 방면되었다더군요.」

「그 후에는?」

「잠깐 기다리세요. 다른 파일을 찾아볼게요.」

좀 더 나중의 파일에서도 그녀의 행적을 찾을 수 있었지만, 그것도 벌써 10년 전 것이었다.

「전쟁 전에는 마르티르가의 마사지 숍에서 감독으로 있었군요. 그 시절에는 필리프 나탈리, 일명 필리파라는

---

15 파리 제10구에 있던 교도소 겸 병원. 일제 단속에서 검거된 창녀들이 이곳에 수용되었다. 교도소는 1935년에 헐렸고, 병원 내지 수용소 기능은 차츰 축소되었다.

자와 함께 살았는데, 이자는 살인죄로 10년 형을 받았습니다. 저도 그 사건이 생각나는데, 퐁텐 가의 한 담배 가게에서 서너 명이 패를 지어 상대 패거리 한 사람을 죽인 사건이었지요. 정확히 누가 총을 쏘았는지 밝혀내질 못해서 전부 엄벌에 처한 겁니다.」

「석방되었나?」

「퐁트브로에서 죽었습니다.」

그렇다면 단서가 되지 못한다.

「그럼 이제는?」

「글쎄요. 그녀도 죽었는지도 모르지요.」

「죽지 않았어.」

「그럼 직업을 바꾼 모양이군요. 어쩌면 고향에 돌아가 영업을 하고 있을지도 모르지요.」

「앙굴렘가에서 가구 딸린 셋집을 운영하는데, 숙박업소 관리과에 신고는 하지 않았더군. 주로 여자들이 사는 집인데, 거기서 영업을 하는 것 같지는 않고.」

「그렇군요.」

「감시를 좀 해주면 좋겠네. 세입자들에 대해서도 좀 알아보고.」

「그야 간단한 일이지요.」

「단속반의 누군가가 앙굴렘가에 매복하는 것도 좋겠지. 우리 팀 친구들은 누가 누군지 잘 모를 거거든.」

「알겠습니다.」

매그레는 마침내 자기 사무실의 안락의자에 털썩 주저 앉았다. 하지만 다음 순간 뤼카가 문을 방싯이 열었다.

「새로운 소식 있나?」

「전화에 대한 건 아니고요. 그 번호에서는 아무 데도 전화를 걸지 않았어요. 그런데 오늘 아침 좀 묘한 사건이 있었습니다. 게이뤼삭 가에서 조카를 데리고 사는 테브나르 부인이라는 여자가 장례식에 가느라 잠시 집을 비웠답니다.」

「그 여자도 장례식에 갔대?」

「그 장례식은 아니고요. 동네 장례식이겠지요. 하여간 그녀가 나가 있는 동안 집에는 아무도 없었는데, 돌아오는 길에 장을 봐온 것을 넣으려고 찬장을 여니 두 시간 전에는 분명히 있었던 소시지가 사라졌더라는 겁니다.」

「그렇다면……」

「그렇지요! 그런데 아파트를 샅샅이 뒤지다 보니……」

「겁도 안 났대?」

「남편 것이었던 권총을 꺼내 들고 있었답니다. 남편은 1914년 전쟁에 나갔었다는군요. 하여간 묘한 여자예요. 작달막하고 땅딸한 여자가 뭐라고만 하면 꺄륵꺄륵 웃어 대는데…… 조카 침대 밑에서 조카 것이 아닌 손수건 이랑 빵 조각을 찾아냈답니다.」

「조카는 뭘 하는데?」

「이름은 위베르, 학생이에요. 테브나르가는 넉넉지 못하기 때문에, 생미셸 대로의 서점에서 아르바이트를 한답니다. 이제 아시겠지요?」

「그래. 숙모가 경찰에 신고한 건가?」

「수위실에 내려가 경찰에 전화를 했다는군요. 형사가 즉시 제게 알려 주었습니다. 르루아를 서점으로 보내 위베르를 심문했지요. 그랬더니 부들부들 떨면서 울음을 터뜨리더랍니다.」

「알베르 조리스와 친구라던가?」

「예. 조리스가 며칠만 자기 방에 숨겨 달라고 애원했대요.」

「이유가 뭐라고 했다던가?」

「부모님과 다퉈서, 아버지가 홧김에 자기를 죽일 것만 같다고요.」

「그래서 침대 밑에서 이틀 밤낮을 보냈다는 건가?」

「하루 밤낮이지요. 첫날 밤은 길에서 헤맸다나 봐요. 적어도 친구한테 말한 바로는요. 파출소들에 연락을 해 놓았습니다. 아마 또 길바닥에서 헤매고 있겠지요.」

「가진 돈은 있다던가?」

「위베르 테브나르는 거기까진 모르더군요.」

「역에도 연락해 두었겠지?」

「다 해두었습니다. 내일 아침까지 여기 데려오지 못한
다면 놀랄 일이지요.」

쥐비지에서는 다들 뭘 하고 있을까? 필시 미망인과 자
매들, 남편들, 딸들이 함께 식사를 하고 있을 것이다. 장
례식 후에는 대개 그렇듯이 잘 차린 식탁에 둘러앉아 있
을 것이다. 투레 부인과 모니크의 장래에 대해 의논도 할
것이다.

남자들은 술잔도 기울이고 시가도 태워 가며 의자 등
받이에 기대어 떠들고 있을 것이다.

〈에밀리, 한잔해. 기운을 내야지.〉

죽은 자에 대해서는 무슨 얘기를 할까? 날씨가 궂었는
데도 조문객이 많았다는 얘기도 분명히 나올 것이다.

매그레는 당장이라도 가보고 싶었다. 특히 모니크를
만나 진지하게 이야기해 보고 싶었다. 하지만 그 집에서
는 곤란했다. 공식적으로 소환하는 것도 바람직하지 않
았고.

그는 기계적으로 그녀가 다니는 회사에 전화를 걸었다.

「제베르&바슐리에사입니까?」

「제가 조르주 바슐리에입니다.」

「투레 양이 내일 아침 출근할지 알고 싶습니다.」

「물론이지요. 오늘은 가정 사정으로 결근했습니다만
내일이야 별다른……. 그런데 누구십니까?」

매그레는 전화를 끊었다.

「상토니 여기 있나?」

「오늘 아침부터 쭉 못 봤는데요.」

「그 친구한테 쪽지 하나 남겨 주게. 내일 아침 제베르&
바슐리에사 입구에서 기다리고 있다가, 투레 양이 나타
나면 좋은 말로 내게 데려오라고.」

「여기로요?」

「그래, 내 사무실로.」

「그 밖에 다른 건 없습니까?」

「없어. 이제 일 좀 하게 내버려 두게.」

루이 투레와 그의 가족, 애인 등에 관한 것은 그쯤 해
두기로 했다. 매그레는 직업적 양심만 아니었다면 사무
실은 팽개치고 영화관에라도 가고 싶은 심정이었다.

저녁 7시까지, 그는 온 세상의 운명이 거기 달려 있기
라도 하다는 듯 맹렬한 기세로 일을 해치웠다. 〈미결재〉
서류들을 몽땅 처리했을 뿐 아니라, 여러 주, 여러 달째
밀려 있던, 별로 중요치 않은 일들까지 다 해치웠다.

서류를 하도 오래 들여다보아 피곤한 눈으로 사무실
을 나섰을 때, 그는 뭔가 이상하다는 느낌이 들었다. 한참
만에야 손을 내밀어 비가 그친 것을 확인했다. 마치 허공
과도 같은 느낌이 들었다.

6
부랑자

「뭘 하고 있던가?」

「아무것도요. 그냥 고개를 꼿꼿이 세우고 앉아서 골똘히 앞만 바라보고 있어요.」

그녀가 대기실에서 골라 앉은 것은 안락의자도 아니고 그냥 딱딱한 의자였다.

매그레는 일부러 그녀가 잠시 뜸을 들이게 내버려 두었다. 9시 20분경 상토니가 모니크의 도착을 알리자 그는 퉁명스레 내뱉었다.

「새장 속에 놔둬.」

유리문이 달리고 녹색 벨벳을 씌운 안락의자들이 있는 대기실을 그는 〈새장〉이라 불렀다. 모니크 투레 이전에도 수많은 사람들이 거기서 기다리는 동안 자신감을 잃고 안절부절못하게 되곤 했다.

「어떻던가?」

「상복을 입었던데요.」

「그걸 묻는 게 아니고.」

「저를 보자 마치 기다리기라도 했다는 투였어요. 리볼리가에 있는 회사 입구에서 2~3미터 떨어진 곳에 서 있다가, 그녀가 오는 걸 보고 앞으로 나섰지요.

〈실례합니다, 아가씨.〉

그러자 그녀는 눈을 가늘게 뜨며 저를 바라보더군요. 좀 근시인 듯했어요. 그러더니 말하더군요.

〈아, 당신이군요.〉

〈반장님께서 잠시 보자고 하십니다.〉

별로 뻗대지 않더군요. 저는 택시를 잡았고, 오는 내내 그녀는 입을 열지 않았어요.」

비가 그쳤을 뿐 아니라, 해가 나고 있었다. 공기가 축축해서인지 햇살이 평소보다 더 눈부셨다.

매그레는 보고를 들으러 가는 길에 멀찍이서 그녀가 앉아 있는 모습을 보았다. 반 시간 후, 사무실로 돌아오는 길에 보았을 때도 그녀는 여전히 같은 자리에 꼼짝 않고 있었다. 그러고도 얼마쯤 지난 후에 그는 뤼카를 보내 동정을 살피게 했다.

「뭐라도 좀 읽던가?」

「아뇨. 아무것도 안 하던데요.」

그녀가 있는 자리에서 보이는 수사국은 마치 부엌에서

식당을 볼 때와도 비슷했다. 여러 개의 문이 연이어 있는 복도에서 형사들이 서류를 들고 오가며 서로서로의 사무실에 들어갔다가 임무를 맡아 떠나가거나 돌아오거나 하는 것이 보였다. 때로는 멈춰 서서 진행 중인 사건에 대해 서로 몇 마디를 나누기도 했고, 손목에 수갑을 찬 범인을 끌고 오거나 눈물에 젖은 여자를 앞세우고 들어오기도 했다.

대기실에는 그녀 다음으로도 몇 사람이 더 들어왔지만, 그녀는 여전히 조바심을 보이지 않았다.

앙굴렘가의 전화도 조용하기만 했다. 마리에트 지봉은 뭔가 낌새를 알아챈 것일까? 파이프를 잊어버렸다며 되돌아간 것이 의심을 불러일으켰을까?

느뵈는 그 구역의 동료와 번갈아 가며 그 집을 감시하고 있었지만, 이상한 점은 전혀 발견되지 않았다.

알베르 조리스는, 전날 저녁 6시까지는 아직 파리에 있었으리라는 것이 거의 확실시되었다. 당부아 순경이 그 시간쯤 클리시 광장과 바티뇰 대로의 모퉁이에서 그를 목격한 바 있었다. 청년은 어느 바에서 나오는 길이었다. 순경이 너무 빨리 움직인 것이 그의 의심을 샀을까? 조리스는 인파를 뚫고 달아나기 시작했다. 그날따라 사람들이 아주 많았다. 순경은 호각을 울려 동료들에게 알렸다.

하지만 그 일은 아무 소득이 없었다. 있을 수가 없었

다. 그 구역을 샅샅이 뒤졌지만 소용없었다. 바의 주인은 자기 손님이 전화를 걸지 않았다고 증언했다. 작은 빵 두 개와 삶은 달걀 다섯 개, 그리고 커피 석 잔을 마셨다고.

「잔뜩 배가 고픈 모양이었어요.」

코멜리오 판사가 매그레에게 전화를 했다.

「아직 아무 소식도 없습니까?」

「48시간 내에 범인을 찾아내겠습니다.」

「예상대로 잡범이겠지요?」

그는 〈예〉라고 대답했다.

범행에 쓰인 칼에 대해서는 조금 진전이 있었다. 오전 우편배달 때 그런 칼을 제조하는 회사에서 보낸 편지가 왔다. 수사 초기부터 장비에는 직접 그 회사에 갔었고, 간부 중 한 명이 단언하기를 그 칼이 딱히 어느 철물점에서 팔린 것인지는 알 수 없다고 했었다. 그러면서 자기네 칼 생산량의 천문학적 숫자를 은근히 자랑삼아 말하기도 했다.

그런데 그 편지에 〈부사장〉이라고 서명한 사람이 경찰 청장에게 알려 오기를, 칼자루에 새겨진 번호로 보아 생 마르탱 대로의 살인에 사용된 칼은 아마도 넉 달 전 마르세유의 한 도매상에게 보낸 물량에 들어 있었으리라는 것이었다.

그러니까 사흘 동안 다섯 명의 형사가 파리의 철물점

들을 돌아다닌 것이 말짱 헛수고가 되고 말았다. 장비에는 불같이 화를 냈다.

「이제 어떻게 할까요, 반장님?」

「마르세유에 알려야지. 그런 다음 감식반의 뢰르스든지 다른 누구든지 데리고 앙굴렘가에 가보게. 뢰르스가 방 안에서 지문을 찾아낼 수 있을지. 그리고 거울 달린 장롱 위도 잘 살펴보고.」

그러는 동안, 모니크는 여전히 기다리고 있었고, 매그레는 이따금 사람을 보내 새장 안을 잠깐씩 들여다보게 했다.

「지금은 뭘 하고 있나?」

「아무것도요.」

웬만한 사람이라면, 유리문이 달린 작은 방 안에서 한 시간 동안이나 기다리다 보면 침착함을 잃게 되기 마련이었다.

11시 15분 전에, 그는 마침내 한숨을 쉬었다.

「들여보내.」

그는 선 채로 그녀를 맞이하며 변명처럼 말했다.

「아가씨와는 좀 오래 얘기를 해야 할 것 같아서, 다른 자질구레한 일부터 처리했습니다.」

「이해해요.」

「이리 좀 앉지요.」

그녀는 자리에 앉은 다음, 얼굴 양옆의 머리칼을 뒤로 쓸어 넘기고는 핸드백을 무릎 위에 단정히 놓았다. 그는 자기 자리에 앉아서 파이프를 입으로 가져가면서 성냥을 그으려다 말고 짐짓 물었다.

「한 대 태워도 괜찮을까요?」

「아버지도 담배를 하셨어요. 이모부들도요.」

　그녀는 처음 이 사무실에 왔을 때보다 덜 초조해 보였다. 그날 아침은 날씨가 무척 따뜻해서, 반장은 창문을 조금 열어 두었고, 바깥의 소리가 흘러들어 왔다.

「물론 아버님 얘기를 하려고 오라 한 겁니다.」

　그녀는 고개를 까딱하며 알겠다는 표시를 했다.

「아가씨랑 그 밖의 다른 사람들 얘기도 좀 하고요.」

　그녀는 그의 말을 전혀 거들지 않았고 눈길도 돌리지 않은 채, 마치 그가 무슨 질문을 할지 알고나 있는 듯 침착하게 기다리고 있었다.

「어머니를 무척 사랑하지요, 모니크 양?」

　그는 착한 아이를 어르듯 부드럽게 다루어 차츰 진실을 말하지 않을 수 없는 상황으로 몰아넣을 작정이었다. 하지만 그녀의 첫 번째 대답부터가 그런 의도를 무산시켰다.

　조용히, 더없이 천연덕스럽게, 그녀는 내뱉었다.

「아뇨.」

「어머니와 뜻이 잘 맞지 않는다는 말인가요?」

「전 그녀를 증오해요.」

「이유를 물어봐도 될까요?」

그녀가 가볍게 어깨를 으쓱하는 것이 보였다.

「집에 오셨잖아요. 보셨을 텐데요.」

「무슨 뜻인지 좀 자세히 말해 보겠어요?」

「어머니는 자기 생각밖에 안 해요. 오로지 자기 입장과 자기 노년에 대한 생각뿐이지요. 언니나 동생보다 못한 결혼을 했다고 속이 상해서, 자기도 그 못지않게 잘산다는 걸 보이려 아등바등하지요.」

그는 슬그머니 웃음이 나는 것을 애써 참았다. 그녀는 너무나 진지하게 이야기하고 있었다.

「아버지는 어떻습니까?」

그녀는 잠시 말이 없었다. 그는 질문을 되풀이해야 했다.

「저도 생각 중이에요. 이미 돌아가신 마당에 그런 걸 말해야 하다니 좀 그렇네요.」

「아버지를 많이 따르지 않았나요?」

「한심한 분이었어요.」

「한심하다니 무슨 말입니까?」

「도무지 바꿔 보려는 노력을 하지 않았으니까요.」

「뭘 바꾼다고요?」

「전부 다요.」

그러더니 갑자기 열띤 어조로 말했다.

「우리 살아가는 거요. 도대체 그게 사는 거라면 말이에요. 전 오래전부터 넌더리가 나서 오로지 한 가지 생각밖에 없었어요. 떠나는 거요.」

「결혼해서 말입니까?」

「결혼을 하든 않든 간에. 그냥 떠날 수만 있다면요.」

「가까운 장래에 떠날 생각이었습니까?」

「조만간이요.」

「부모님께 그런 얘길 했나요?」

「뭐 하러요?」

「그럼 아무 말 없이 그냥 떠나려 했다고요?」

「안 될 거 있나요? 그런다고 그 사람들이 달라질 게 뭐 있겠어요?」

그는 점점 흥미를 느끼며 그녀를 바라보았다. 가끔은 파이프를 빼는 것조차 잊어버려서, 두어 번인가 다시 불을 붙여야 했다.

「아버지께서 봉디가에서 더 이상 일하지 않는다는 걸 언제부터 알게 되었지요?」

이번에는 뭔가 반응을 기대했지만, 역시 아니었다. 그녀는 이런 질문도 예상하고 답을 준비해 둔 듯했다. 그러지 않고는 그녀의 태도가 설명되지 않았다.

「3년 가까이 됐을 거예요. 따져 보진 않았지만요. 1월이나 2월쯤, 아주 추울 때였어요.」

카플랑사는 10월에 문을 닫았고, 1월과 2월에 루이 씨
는 일자리를 구하는 중이었다. 월급 받은 것이 떨어져서
레온 양과 경리 노인에게 돈을 빌릴 수밖에 없을 때였다.

「아버지께서 말씀하시던가요?」

「아뇨. 그냥 알게 되었어요. 어느 날 오후 수금을 하러
다니다가……」

「그때 이미 리볼리가에서 일하고 있었군요?」

「열여덟 살에 들어갔어요. 우연히 제 고객 중에 미용사
가 한 사람 있었어요. 아버지께서 일하시던 건물에요. 그
래서 안마당을 흘긋 들여다보았는데, 오후 4시쯤이라 벌
써 어두웠지요. 그런데 안채에 불이 켜져 있지 않은 거예
요. 놀라서 수위 아줌마한테 물어봤더니, 카플랑사는 문
을 닫았다고 하더군요.」

「집에 가서 어머니께 알리지 않았나요?」

「아뇨.」

「아버지께도 아무 말 안 했고요?」

「물어봐도 사실대로 말해 주지 않았을 거예요.」

「늘 거짓말을 하셨나요?」

「잘 설명하기 어려운데. 아버지는 집에서 되도록 잡음
을 내지 않으려 했어요. 그래서 어머니 기분에 맞추려고
만 했지요.」

「어머니를 두려워하셨나요?」

「평화를 원했지요.」

그녀의 말투에서 약간의 경멸이 묻어났다.

「아버지를 미행했나요?」

「그래요. 바로 이튿날은 그럴 기회가 없었지만, 2~3일 후에요. 사무실에 급한 일이 있다는 핑계로 조금 일찍 기차를 탔지요. 그런 다음 역 근처에서 기다렸어요.」

「그날 그는 뭘 하던가요?」

「일자리를 찾는 사람처럼 여러 군데 사무실을 찾아다니더군요. 정오에는 작은 바에서 크루아상을 먹고는 신문사로 달려가 구인 광고를 들여다보는 거예요. 그래서 알았지요.」

「그래서 어떻게 했습니까?」

「어떻게 하다니요?」

「왜 집에 아무 말도 안 했는지 궁금하지 않았습니까?」

「아뇨. 감히 말할 수 없었겠지요. 그랬더라면 한바탕 난리가 났을 테니까요. 이모와 이모부들이 이때다 하고 온갖 충고를 퍼붓고 사람이 도대체 패기가 없다느니 하면서 떠들어 댔을 거예요. 태어난 후로 내내 들어온 말이지요.」

「그래도 아버지는 다달이 월급을 가져오지 않았습니까?」

「그게 좀 이상했어요. 월말이 될 때마다 이번에는 빈손이겠지 하고 지켜보았는데, 오히려 어느 날엔가는 자기가 급료 인상을 요구해서 받아 냈다는 거예요.」

「그게 언제였습니까?」

「한참 후예요. 여름에, 8월쯤이었을 거예요.」

「그래서 일자리를 구했나 보다고 생각했습니까?」

「그랬지요. 궁금해서 또 뒤를 밟아 봤어요. 그런데 일자리 같은 건 여전히 없었어요. 그냥 돌아다니다가 벤치에 앉아 시간을 보내더군요. 아마 쉬는 날인가 보다 하고 1~2주 후에 또다시 따라가 보았어요. 다른 요일에요. 그런데 이번에는 들키고 말았지요. 대로변의 벤치에 앉아 있다가, 저를 보고 안색이 달라지더니, 머뭇거리며 제게 다가왔어요.」

「당신이 미행했다는 걸 알았을까요?」

「글쎄요. 아마 제가 우연히 거길 지나는 길이었을 거라고 생각했을 거예요. 제게 털어놓더군요. 어느 카페테라스에서 커피를 한잔 사주면서요. 아주 더운 날이었지요.」

「뭐라고 하던가요?」

「카플랑사가 문을 닫았고, 실직 상태가 되었지만, 어머니가 불안해할까 봐 아무 말 않기로 했다고. 곧 다른 일자리를 구할 거라고 생각했대요.」

「혹시 누런 구두를 신고 있던가요?」

「그날은 아니었어요. 일자리 구하는 게 생각보다 어렵

지만, 이제 다 잘 풀렸다고, 보험 회사에 다니게 되었는데, 여가 시간이 좀 난다고 하더군요.」

「왜 집에서는 그런 말을 하지 않았을까요?」

「그것도 어머니 때문이지요. 어머니는 집집이 돌아다니며 진공청소기나 보험 같은 걸 파는 사람들을 경멸했거든요. 부랑자나 다름없는 자들이라고 말하곤 했어요. 자기 남편이 그런 일을 한다는 걸 알면, 못 견디게 볶아댔을 거예요. 창피하다고요. 특히 자기 자매들한테.」

「어머니는 자매들에게 무척 신경을 쓰는군요?」

「지고 싶지 않아 해요.」

「아버지가 보험 일에 대해 말한 것을 그대로 믿었습니까?」

「한동안은요.」

「그다음에는요?」

「좀 의심이 들었지요.」

「왜지요?」

「일단 돈을 너무 많이 벌었어요.」

「그렇게 많이요?」

「어느 정도를 그렇게 많이라고 하시는지 모르겠는데요. 몇 달 후에는 카플랑사에서 부사장으로 승진했다면서, 이번에도 월급이 인상되었다는 거예요. 그 문제로 말다툼도 좀 있었지요. 어머니는 아버지에게 신분증의 직업을 바꿔 쓰라고 야단이었어요. 창고 관리인이라는 말에 늘 자존심이 상했었다면서요. 그러자 아버지는 별것도 아닌 일로 성가시게 할 필요 없다고 대답하더군요.」

「아버지가 따님한테는 아무 말 않던가요?」

「어머니가 안 보실 때 슬쩍 눈짓을 하더군요. 아침 출근길에 가끔 제 가방에 지폐를 찔러주시기도 했고요.」

「입을 다무는 대가로요?」

「그냥 제게 돈을 주는 게 좋으신 것 같았어요.」

「함께 점심 식사를 한 적도 있다고 했지요.」

「그래요. 아버지 쪽에서 약속을 잡으셨어요. 식당에서는 가장 비싼 음식을 시키게 하고, 식사 후에는 영화관에 가자고도 하시고요.」

「누런 구두를 신고 계시던가요?」

「한 번은요. 그래서 어디서 신을 바꿔 신었느냐고 물었더니, 일 때문에 시내에 방을 하나 얻어야 했다고 하시더군요.」

「주소도 알려 주시고요?」

「그 당장은 아니었지만요. 좀 시간이 흐른 후에요.」

「모니크 양은 애인이 있습니까?」

「아뇨.」

「알베르 조리스와는 언제 알게 되었습니까?」

그녀는 얼굴을 붉히지도, 말을 더듬지도 않았다. 그 질문에도 이미 대답을 준비하고 있었던 듯했다.

「4~5개월 전에요.」

「사랑하는 사이입니까?」

「함께 떠나기로 되어 있었어요.」

「결혼을 하려고요?」

「그 애가 성년이 되면요. 아직 열아홉밖에 되지 않아서, 부모님 동의가 없이는 결혼할 수 없어요.」

「부모님이 동의하지 않으실까요?」

「안 하실 게 뻔해요.」

「왜지요?」

「그 애는 일자리가 없으니까요. 부모들은 그 생각밖에 안 해요. 제 어머니도 그렇지만요.」

「어디로 갈 작정이었습니까?」

「남아메리카요. 벌써 여권도 신청해 두었어요.」

「돈은 있습니까?」

「좀 있어요. 제가 버는 돈의 일부는 제 몫으로 가질 수 있었으니까요.」

「아버지에게 돈을 달라고 처음 찾아간 건 언제였습니까?」

그녀는 그를 잠시 마주 보더니 한숨을 쉬었다.

「그것까지 아시는군요!」

그러더니 망설임 없이 말했다.

「그럴 것 같았어요. 그래서 사실대로 말씀드리는 거예요. 이런 얘길 전부 어머니께 이를 만큼 치사하지 않을 거라고 생각했지요. 당신도 그런 사람이 아니라면요!」

「아가씨 일을 어머님께 이를 생각은 전혀 없습니다.」

「게다가, 말해 봤자 달라질 것도 없으니까요!」

「어떻든 떠나긴 떠날 모양이군요.」

「그래요. 조만간.」

「아버지의 파리 주소는 어떻게 알게 되었습니까?」

이번에는 그녀도 거짓말을 하려 들었다.

「알베르가 알아냈어요.」

「아버지를 미행해서요?」

「그래요. 우리 둘 다 대체 그가 어떻게 돈을 버는지 궁금했거든요. 그래서 알베르가 따라가 보기로 한 거지요.」

「그게 당신들과 무슨 상관이 있기에요?」

「알베르는 아버지가 떳떳지 못한 일을 하고 있을 거라고 주장했어요.」

「그 사실을 확인하는 게 당신들에게 무슨 소용이 있었지요?」

「아버지는 돈을 많이 버는 것 같았거든요.」

「그래서 그 일부를 달라고 할 생각이었군요.」

「적어도 뱃삯은요.」

「아버지를 협박해서 말인가요.」

「그야 아버지라면…….」

「좋아요. 그러니까 당신 애인 알베르가 당신 아버지를 염탐하기 시작했다는 거로군요.」

「사흘 동안 따라다녔어요.」

「그래서 뭘 알아냈습니까?」

「반장님은 뭘 알아내셨는데요?」

「제가 질문을 한 겁니다.」

「우선은 아버지가 앙굴렘가에 방을 얻었다는 거요. 그리고 보험 일 같은 건 하지 않고, 대개는 대로변의 벤치에 앉아 시간을 보낸다는 거요. 그리고…….」

「그리고요?」

「애인이 있다는 것도요.」

「그걸 알고 어떤 기분이 들었습니까?」

「좀 더 젊고 예쁜 여자였더라면 좋았을 것 같아요. 꼭 어머니 같은 여자더군요.」

「본 적이 있나요?」

「두 사람이 잘 가는 곳을 알베르가 가르쳐 주었어요.」

「생탕투안가 말이지요?」

「그래요. 작은 카페요. 저는 우연히 들어간 것처럼 하면서 슬쩍 훔쳐보았어요. 자세히 볼 시간은 없었지만, 어떤 여자인지는 알았지요. 어머니나 다름없이 재미없는 여자더군요.」

「그런 다음 앙굴렘가로 찾아갔습니까?」

「예.」

「아버지를 협박했나요?」

「아뇨. 오후 수금이 들어 있던 봉투를 잃어버렸다고 둘러댔어요. 만일 그 돈을 못 찾으면 쫓겨날 거라고요. 저를 도둑으로 몰 거라는 말도 했지요.」

「그랬더니 뭐라던가요?」

「걱정이 되는 모양이었어요. 탁자 위 액자에 든 여자 사진을 보고 놀란 척하며 집어 들었지요. 〈이게 누구예요〉 하면서.」

「뭐라고 대답하던가요?」

「어린 시절 친구인데 우연히 다시 만났다더군요.」

「아가씨 자신이 나쁜 짓을 하고 있다는 생각은 안 들던가요?」

「아뇨.」

「왜 아니지요?」

「저는 제 어머니처럼 숨 막히는 판잣집에서 인생을 마치고 싶진 않으니까요.」

「알베르도 아버지를 찾아갔지요?」

「아는 바 없어요.」

「거짓말을 하는군요.」

그녀는 진지한 눈길로 그를 바라보더니 마지못해 인정

했다.

「그래요.」

「왜 하필 그 점에 대해 거짓말을 하려 했습니까?」

「왜냐하면, 아버지가 피살된 후로 내내, 알베르에게 귀찮은 일이 생길까 봐 걱정이 되었으니까요.」

「그가 사라진 걸 압니까?」

「제게 전화를 했어요.」

「언제?」

「말씀하신 것처럼 사라지기 전에요. 이틀 전이었어요.」

「어디로 간다고 말하던가요?」

「아뇨. 몹시 당황한 것 같았어요. 자기를 살인범으로 몰 거라면서.」

「왜요?」

「앙굴렘가에 갔었으니까요.」

「경찰에서 단서를 잡았다는 건 언제 알게 되었습니까?」

「형사가 그 얄미운 블랑슈와 얘길 했다는 걸 안 후로요. 그 앤 절 싫어하거든요. 형사가 다녀간 후에 제 입을 다물게 할 만큼 다 불었다면서 으스대더군요. 전 알베르를 안심시키려 애썼어요. 숨는 건 바보 같은 짓이라고, 오히려 의심만 살 수 있다고요.」

「그런데 납득을 안 하던가요?」

「그래요. 너무나 당황해서 전화로 제게 말도 잘 못하더군요.」

「당신 아버지를 죽인 게 그 친구가 아니라는 증거는 있나요?」

「도대체 그 애가 그런 짓을 할 이유가 없잖아요.」

그녀는 침착하게 덧붙였다.

「우리는 필요한 돈 전부를 달라고 할 수도 있었어요.」

「만일 아버지가 거절하면요?」

「거절할 수 없었을 거예요. 알베르가 어머니한테 다 알리겠다고 한 걸로 족했어요. 무슨 생각을 하시는지 저도 알아요. 저를 못된 년이라고 생각하시는 거죠. 하지만 쥐비지 같은 데서 청춘을 보내 보세요……」

「사건이 있던 날은 아버지와 만나지 않았나요?」

「아뇨.」

「알베르도요?」

「아마 아닐 거예요. 그날은 아무 예정도 없었어요. 평소처럼 함께 점심을 먹었는데, 제게 별다른 말을 안 했거든요.」

「아버지가 돈을 어디다 두는지는 알고 있었나요? 듣자 하니, 어머니께서 저녁마다 아버지의 호주머니와 지갑을 검사했다던데.」

「항상 그랬지요.」

「왜요?」

「왜냐하면, 벌써 10년도 더 된 일인데, 아버지 손수건에 립스틱이 묻어 있었대요. 그런데 어머니는 립스틱을 쓰지 않거든요.」

「아가씨가 어렸을 때 일이군요.」

「열 살인가 열두 살이었을 거예요. 하지만 아직도 생각나요. 저 같은 건 안중에도 없었지요. 아버지는 날이 워낙 더워서 포장반 여자들 중 하나가 기절했고, 그래서 숨을 돌리게 하느라 손수건에 알코올을 적셔 주었다고 설명했어요.」

「사실이었을 수도 있지요.」

「어머니는 믿지 않았어요.」

「아까 질문으로 돌아가지요. 아버지는 월급 이상의 돈을 집에 가져갈 수 없었던 거 아닙니까?」

「시내의 방에 두었어요.」

「거울 달린 장롱 위에 말입니까?」

「그걸 어떻게 아세요?」

「그럼 아가씨는 어떻게 알지요?」

「한번은 돈을 달라고 찾아갔더니, 의자를 놓고 올라가 장롱 위에 있던 누런 봉투에서 천 프랑짜리를 꺼내 주더군요.」

「돈이 많아 보였나요?」

「꽤 많은 것 같았어요.」

「알베르도 그 사실을 알고 있었고요?」

「그렇다고 그게 아버지를 죽일 이유는 못 돼요. 그 애가 한 짓이 아니라는 걸 알아요. 게다가 그 애는 칼로 사람을 찌르거나 할 애가 아니에요.」

「어떻게 그렇게 확신합니까?」

「주머니칼로 손가락을 베자 아예 눈을 돌리던데요. 피를 보기만 해도 소름이 끼치는 모양이었어요.」

「함께 잤나요?」

이번에도 그녀는 어깨를 으쓱하는 것으로 대답을 대신했다.

「그런 질문을 하다니!」

「어디서요?」

「여기저기서요. 파리에는 그런 용도의 호텔도 많잖아요. 경찰에서 모른다고 하지는 않겠지요!」

「그러니까, 이 흥미로운 대화를 요약하자면, 알베르와 당신은 아버지를 협박해서 충분히 돈을 뜯어내면 남아메리카로 도망치려 했다는 거로군요?」

그녀는 끄떡도 하지 않았다.

「그리고 또 한 가지, 두 사람이 그렇게 미행을 했지만, 아버지의 돈이 어디서 생기는지는 결국 알아내지 못했고요.」

「뭐 그렇게 자세히 캐지도 않았어요.」

「중요한 건 결과뿐입니다.」

때로 매그레는 그녀가 자기한테 묘하게 맞춰 주고 있다는 인상을 받았다. 마치 경찰청의 반장쯤이야 자기 어머니나 이모, 이모부들보다 더 똑똑할 리 없다고 생각하는 듯했다.

「이제 다 아셨으니까」 그녀는 자리에서 일어나려고 하면서 말했다. 「제가 위선을 떨지 않는다는 것도 아셨겠지요. 절 어떻게 생각하시든 전 상관없어요.」

하지만 무엇인가 마음에 걸리는 게 있는 듯했다.

「어머니한테 아무 말 않겠다고 약속하시는 거죠?」

「어떻든 떠날 거라면서 무슨 상관입니까?」

「일단은 시간이 좀 걸릴 테고요. 또 괜히 분란을 일으키고 싶지 않으니까요.」

「알겠습니다.」

「알베르는 성년이 아니니까, 그쪽 부모가……」

「알베르와도 얘기를 좀 하고 싶군요.」

「제 뜻대로 되었다면, 오늘 아침 그 애도 여기 함께 왔을 거예요. 어리석은 애지요. 어딘가 숨어서 벌벌 떨고 있을 거예요.」

「그를 별로 높이 평가하는 것 같지 않네요.」

「전 아무도 존경하지 않아요.」

「당신 자신밖에는요.」

「저도 마찬가지예요.」

입씨름을 해서 뭐 하겠는가.

「제 상사들에게 오늘 제가 여기 온다는 걸 말씀하셨나요?」

「그저 몇 가지 절차 때문에 필요하다고만 했습니다.」

「몇 시쯤 돌아갈 거라고 하셨나요?」

「그런 말은 안 했습니다.」

「그럼 이제 가도 돼요?」

「붙잡지는 않겠습니다.」

「형사를 붙여 미행시키실 건가요?」

그는 웃음이 터질 뻔했지만, 진지한 낯을 유지했다.

「그럴 수도 있지요.」

「시간 낭비일걸요.」

「감사합니다.」

매그레는 별 소득이 없으리라 생각하면서도 역시 그녀를 미행하게 했다. 이번에는 장비에가 틈이 나서 그 일을 맡았다.

반장 자신은 10분쯤 쉬었다. 책상 위에 팔꿈치를 짚고 파이프를 잇새에 문 채 창밖을 멍하니 바라보았다. 마침내 그는 잠이 도무지 깨지 않는 사람처럼 머리를 흔들고는 자리에서 일어나 중얼거렸다.

「어리석은 계집애!」

그는 자기도 모르게 형사실로 갔다.

「젊은 친구 소식은 여전히 없나?」

필시 모니크에게 연락을 취하고 싶어 안달이 났을 것이었다. 하지만 그랬다가는 체포당할 게 뻔하지 않은가? 매그레는 한 가지 잊어버리고 묻지 않은 것이 생각났다. 남아메리카로 떠나기 위해 모은 돈은 둘 중 누가 가지고 있을까? 만일 그가 가지고 있다면 그럭저럭 지낼 만은 할 것이었다. 그 반대의 경우라면, 굶고 지내는지도 몰랐다.

그는 잠시 더 생각에 잠겨 자기 사무실과 형사실 사이를 오락가락하다가, 마침내 제베르&바슐리에사로 전화를 걸었다.

「모니크 투레 양과 통화하고 싶습니다.」

「잠깐만요. 마침 방금 돌아왔네요.」

「여보세요!」 모니크의 음성이 들려왔다.

「기뻐하지 말아요. 아직 알베르는 아니니까. 나요, 반장입니다. 한 가지 묻는 것을 잊어버려서. 그와 당신 중 누가 돈을 가지고 있습니까?」

그녀는 알아들었다.

「저요.」

「어디에?」

「여기 사무실의 열쇠로 잠그는 책상 안에요.」

「그럼 그가 지닌 돈은 있나요?」

「많지는 않을 거예요.」

「고마워요. 그게 답니다.」

뤼카가 그에게 전화가 걸려 온 다른 수화기를 들고 손짓을 했다. 라푸앵트의 음성이었다.

「앙굴렘가에서 전화하는 건가?」 반장이 놀라서 물었다.

「집은 아니고, 근처의 비스트로입니다.」

「무슨 일이 있나?」

「일부러 그런 건지는 모르겠는데, 하여간 보고해야 할 것 같아서요. 와보니 방이 깨끗이 청소되어 있는데요. 바닥도 가구도 전부 새로 왁스 칠을 했고, 전부 깨끗이 먼지를 털어 냈어요.」

「장롱 위도?」

「예. 여자가 빈정대는 눈초리로 절 보는 것 같더라고요. 언제 청소를 했느냐니까, 어제 오후에 매주 두 번 오는 가정부가 왔기에 대청소를 시켰다더군요.

〈아무 말도 안 했잖아요. 이 방도 세를 놓아야지요〉 하는 거예요.」

실수였다. 매그레는 그 점도 염두에 두었어야 했다.

「뫼르스는 어디 있나?」

「아직 위에 있어요. 대청소 후에도 남은 지문이 있나 확인 중인데, 아직은 못 건졌어요. 정말로 가정부가 한 일이라면, 정말 일을 잘했더군요. 이제 본부로 돌아갈까요?」

「곧장 돌아오지는 말고. 그 가정부 이름과 주소를 알

아내어 한번 찾아가 보게. 어떻게 된 일인지, 어떤 지시를 받았는지, 일할 때 방 안에 누가 있었는지, 등등…….」

「알겠습니다.」

「뫼르스는 돌아와도 되네. 아, 한마디 더. 그 근처에 풍기 단속국에서 나간 친구 안 보이나?」

「뒤몽셀이요? 조금 전에 그 친구랑 얘기했습니다.」

「지원을 요청하라고 하게. 세입자 중에 누가 나가거들 랑 뒤를 밟고.」

「아직 아무도 나갈 기미도 안 보입니다. 한 여자는 홀랑 벗고 계단을 오르내리는 게 취미인 듯하고, 또 한 여자는 목욕 중이에요. 나머지 한 여자는 며칠째 돌아오지 않은 것 같더군요.」

매그레는 국장실로 향했다. 딱히 이렇다 할 이유가 없더라도 가끔 그저 잡담이라도 나누러 가곤 하는 것이었다. 그는 그 사무실 분위기를 좋아했고, 생미셸 다리와 강변로들이 내려다보이는 창문 앞에 서곤 했다.

「피곤하시오?」

「오래 버티기 게임 같습니다. 동시에 여러 곳에 있고 싶은데, 돌아보면 제 사무실 안을 뱅뱅 돌고 있는 거예요. 오늘 아침 심문은 그야말로…….」

그는 적당한 말이 떠오르지 않아 잠시 망설였다. 숙취 때와도 같은 낙심과 함께 허리가 꺾이는 듯한, 좀 더 정확히는 텅 빈 듯한 느낌이 들었다.

「그런데 그저 젊은 여자, 기껏해야 계집애였거든요.」

「투레의 딸 말이구려?」

전화벨이 울렸다. 국장이 수화기를 들었다.

「그래, 여기 있다네.」

그러고는 매그레를 향해 말했다.

「당신한테 온 연락이오. 느뵈가 누굴 데려와서 자네한테 급히 보여야 한다고.」

「곧 다시 뵙지요.」

대기실에는 느뵈 형사가 몹시 동요된 얼굴로 서 있었고, 그 옆 의자에는 허약하고 창백한, 나이를 알 수 없는 사내가 앉아 있었다. 어디선가 본 듯한 인상이 들었다. 마치 자기 호주머니 속을 알듯이 환히 알 것 같은 느낌이었지만, 그 얼굴에 이름을 붙일 수는 없었다.

「잠깐 따로 얘기하겠나?」 그는 느뵈를 향해 말했다.

「그럴 필요 없습니다. 게다가 이런 뺀질이를 두고 방심하는 것도 현명한 일이 못 돼요.」

그제야 매그레는 사내의 손목에 수갑이 채워진 것을 보았다.

그는 자기 사무실 문을 열었다. 잡혀 온 자는 발을 좀 끌면서 들어왔다. 술 냄새가 풍겼다. 느뵈가 그 뒤를 따라 들어와 문을 열쇠로 잠근 다음 수갑을 풀어 주었다.

「모르시겠습니까, 반장님?」

매그레는 여전히 누구인지 생각나지 않았지만, 마침내 떠오르는 것이 있었다. 사내는 화장을 지운 어릿광대의 얼굴을 하고 있었다. 고무 같은 뺨, 우스꽝스러우면서도 씁쓸한 표정으로 벌어지는 커다란 입.

이 사건에서 이런 얼굴에 대해 말한 사람이 누구였던 가? 레온 양? 생브롱 씨? 하여간 누군가가 말했었다. 루이 씨가 생마르탱 대로나 본누벨 대로의 벤치에서 이런 자와 함께 있는 것을 본 적이 있다고.

「앉게.」

사내는 이런 데 드나드는 데 이골이 났다는 듯한 투로 대답했다.

「고맙소, 반장 나리.」

7
우비 가게

「제프 슈라메크, 일명 어릿광대 프레드, 일명 곡예사, 63년 전 오랭 지방의 리크위트에서 태어났습니다.」

느뵈는 성과를 거둔 데 흥분한 듯 자기가 데려온 자를 서커스의 등장인물이라도 되는 것처럼 소개했다.

「이제 생각이 나세요, 반장님?」

적어도 15년, 어쩌면 그보다 더 오래전에, 생마르탱 대로에서 멀지 않은 곳, 아마도 리슐리외가와 드루오가 사이 어딘가에서 일어난 일이었다.

「63세라고?」 매그레는 사내를 바라보며 되뇌었고, 사내는 대답 대신 만족한 듯 히죽 웃어 보였다.

아마 나이만큼 늙어 보이지 않는 것은 깡말랐기 때문인 듯했다. 사실 그는 나이를 알 수 없는 모습이었다. 특히 얼굴 표정 때문에 노인으로는 보이지 않았다. 지금처럼 겁이 나는 것이 마땅한 상황에도 그는 자기 자신과 다른 사람들을 모두 조롱하는 것처럼 보였다. 그렇게 히죽 대는 미소가, 남들에게서 웃음을 끌어내지 않으면 안 되는 것이, 필시 몸에 배어 버린 습관인 듯했다.

가장 놀라운 사실은 그가 여러 해 전의 사건으로 몇 주가량 화제의 인물로 떠올랐을 때 이미 마흔다섯 살이 넘어 있었다는 것이었다.

매그레는 벨을 누르고 내선 번호를 눌렀다.

「슈라메크 파일을 가져다주게. 제프 슈라메크, 오랭 지방 리크위르 출신.」

사건의 단초는 정확히 기억나지 않았다. 어느 날 저녁 8시쯤에, 그랑 불바르 지역에는 인파가 밀리고 카페테라스마다 사람들이 넘쳐 나고 있었다. 이미 날이 어두웠던 것을 생각하면, 막 봄이 시작될 무렵이었을 것이다.

누군가가 한 건물 안에서 촛불이 이리저리 움직이는 것을 발견했던가? 하여간 경보가 울렸고, 경찰이 달려왔다. 언제나처럼 구경꾼들이 모여들었지만, 그 대부분은 대체 무슨 일인지 알지도 못하는 채였다.

구경거리가 한 시간 넘게 계속되리라는 것, 극적이고 또 때로는 희극적인 순간들도 있을 것이며 결국은 밀려드는 인파 때문에 저지선을 쳐야 하리라는 것을 아무도 의심치 않았다.

사무실 안에서 쫓기는 신세가 된 도둑은 창문 하나를

열고 빗물 홈통을 타고 건물 정면을 기어오르기 시작했다. 그가 위층의 어느 창문틀에 발을 딛자, 곧이어 순경이 나타났고, 사내는 계속해서 기어 올라갔다. 아래서는 여자들이 겁에 질려 비명을 질러 댔고.

그것은 경찰 역사상 가장 아슬아슬한 추격 중 하나였다. 건물 안에서는 사람들이 계단을 달려 올라가면서 창문들을 열어젖혔고, 사내는 마치 서커스의 곡예라도 해내듯 잘도 달아났다.

그가 먼저 지붕 꼭대기에 나타났고, 물매진 지붕 위로 순경들은 선뜻 나서지 못했다. 사내는 현기증도 나지 않는지 옆집 지붕 위로 뛰어내렸고, 그렇게 건물에서 건물로 뛰어넘어 드루오가 모퉁이에 이르더니 어느 채광창 속으로 사라져 버렸다.

사람들의 시야에서 사라졌던 그는 15분쯤 후에 또 다른 지붕 위에 모습을 드러냈다. 사람들은 손으로 가리키며 외쳐 댔다. 「놈이 저기 있다!」

그가 무장을 했는지, 대체 무슨 짓을 했는지 아무도 몰랐다. 그가 여러 사람을 죽였다는 소문이 퍼지기 시작했다.

군중의 동요가 극에 달한 것은, 소방수들이 사다리를 가지고 나타났을 때였다. 얼마 후에는 탐조등이 지붕들을 훑기 시작했다.

마침내 그랑주바틀리에르 로에서 그를 체포하고 보니,

그는 전혀 숨도 차지 않은 상태였다. 그는 자신만만하게 순경들을 조롱했다. 그리고 그를 차에 태우려 하자 자기를 붙든 사람들의 손아귀에서 마치 뱀장어처럼 빠져나가 군중 속으로 사라져 버렸다.

그가 바로 슈라메크였다. 며칠 동안 신문들은 온통 그 〈곡예사〉 얘기였다. 사람들이 그를 다시 본 것은 희한하게도 한 마술장(馬術場)에서였다.

그는 아주 젊었을 때 서커스에 들어가 알자스 지방과 독일을 순회했었고, 나중에 파리로 올라와서는 장터에서 공연을 했다. 물론 중간중간 절도죄로 감옥에 갔을 때를 빼고 말이다.

「이자가 제 구역에서 끝장을 보리라고는 생각지도 못했어요!」 느뵈 형사가 말했다.

그러자 사내는 진지하게 항의했다.

「난 개과천선한 지 오래요.」

「키가 크고 마른, 나이 지긋한 남자가 루이 투레와 함께 벤치에 앉아 있는 것을 보았다는 사람들이 있었습니다.」

매그레에게도 누군가가 말하지 않았던가? 〈벤치에서 흔히 보는 그런 사람이요…….〉

어릿광대 프레드는 아무 일도 하지 않고 벤치에 앉아 행인들을 바라보거나 비둘기에게 모이를 주거나 해도 전혀 눈길을 끌지 않을 부류에 속했다. 보도의 포석들과 다

름없는 잿빛으로, 자기를 기다릴 아무도 아무 일도 없다
는 표정으로······.

「심문에 들어가시기 전에, 제가 어떻게 이자를 체포했
는지 말씀드리겠습니다. 저는 생마르탱 문 근처의 블롱
델 가에 있는 한 바에 들어갔어요. 거긴 마권 판매소[16]이
기도 하지요. 〈셰 페르낭〉이라는 바인데, 이 페르낭이라
는 자는 전직 경마 기수로 저와 잘 아는 사이입니다. 제가
그에게 루이 씨 사진을 보여 주자 알아보는 눈치더군요.

〈여기 오는 손님인가?〉 제가 물었지요.

〈아뇨, 그렇진 않아요. 하지만 제 손님 중 한 사람과
두어 번 온 적이 있어요.〉

〈손님 누구?〉

〈어릿광대 프레드요.〉

〈곡예사 말인가? 감옥에 있든가 오래전에 죽은 줄 알
았는데?〉

〈멀쩡히 살아 있어요. 매일 오후 여기 와서 한잔 걸치
고 경마를 하지요. 사실 못 본 지 며칠 되긴 했어요.〉

〈며칠이나 됐지?〉

페르낭은 잠시 생각하더니 주방에 있는 자기 아내에게
물으러 갔어요.

〈마지막으로 온 건 월요일이었어요.〉

16 Pari mutuel urbain(PMU). 시(市)의 공인을 받은 장외마권 판매소.

〈루이 씨와 함께?〉

그건 생각나지 않지만, 월요일 이후로 곡예사를 못 본 건 확실하답니다. 이제 아시겠지요?

이자를 체포하는 일만 남았지요. 그리고 어디로 가면 찾을 수 있을지도 알아냈어요. 몇 년째 함께 사는 여자가 있는데, 프랑수아즈 비두라고 행상을 하는 노파라는 거예요.

조금 전에야 그 여자 주소를 알아냈는데, 운하 옆의 발미 강변로더군요.

그 여자 집에서, 침실에 숨어 있는 이자를 찾아냈어요. 월요일 이후로는 거기서 꼼짝도 하지 않은 모양이에요. 제 손에서 빠져나갈까 봐 일단 수갑부터 채우고 데려왔어요.」

「난 이제 그렇게 날래지 못해요!」 슈라메크가 농담을 던졌다.

문 두드리는 소리가 났다. 매그레 앞에 표지가 누렇게 퇴색한 두꺼운 서류철이 놓였다. 슈라메크의 이야기, 정확히는 그가 법원과 각축을 벌인 이야기였다.

서두르지 않고, 파이프를 뻑뻑 빨면서, 매그레는 여기저기 펼쳐 보았다.

이런 종류의 심문에서 그가 즐기는 시간이었다. 정오부터 2시까지, 대개의 사무실은 비어 있고, 오가는 발길도 적으며 전화벨도 드물어지는 시간이었다. 마치 한밤 중처럼, 건물 전체를 혼자 쓰는 듯한 기분이 들었다.

「시장하지 않나?」 그는 느뵈에게 물었다.

느뵈가 대답할 말을 미처 찾기도 전에, 그는 말했다.

「가서 한입 먹고 오게. 아마 또 금세 나랑 교대해야 할 거야.」

「알겠습니다, 반장님.」

느뵈는 아쉬운 듯한 얼굴로 자리를 떴고, 잡혀 온 자는 조롱하는 듯한 태도로 그가 나가는 것을 지켜보았다. 매그레는 파이프 한 대를 더 채워 불을 붙인 다음, 두툼한 손을 서류철 위에 올려놓고는 어릿광대 프레드를 정면으로 바라보며 나직이 말했다.

「이제 우리 둘뿐이군!」

그는 모니크를 심문했을 때보다는 이 심문이 더 마음에 들었다. 하지만 시작하기에 앞서, 그는 문을 잠그고 형사실로 통하는 문에까지 빗장을 지르는 것을 잊지 않았다. 그가 창문 쪽으로 눈길을 돌리자, 제프가 익살맞게 히죽대며 말했다.

「겁내지 마쇼. 이제 창턱을 걷는 것 따위는 못하니까.」

「왜 여기 왔는지 모르지 않는 것 같은데?」

그는 시치미를 뗐다.

「잡아가는 자들을 노상 잡아가는 거 아뇨!」 그는 궁시렁거렸다. 「좋았던 옛 시절 생각이 나누먼. 이제 그런 일이 일어나지 않은 지도 여러 해 됐지만.」

「당신 친구 루이가 피살당했소. 놀라는 척하지 말아요. 누구 얘길 하는지 뻔히 알잖소. 당신이 범인으로 지목될 이유가 많다는 것도 알 테고.」

「또 애매한 자를 족칠 셈이요!」

매그레는 수화기를 들었다.

「블롱델가에 있는 셰 페르낭이라는 바를 대주게.」

페르낭이 전화를 받자, 그가 말했다.

「나, 매그레 반장이요. 당신 손님 중에 제프 슈라메크라는 자 때문인데……. 그래, 곡예사 말이오……. 그가 큰돈을 걸었는지 알아보려고……. 얼마나……? 그래, 알겠소……. 마지막으로 건 것은……? 토요일……? 고맙소……. 아니, 지금은 그걸로 충분하오…….」

그는 만족한 기색이었다. 제프는 약간 초조한 기색이 엿보였다.

「방금 내가 들은 걸 그대로 다시 듣고 싶소?」

「사람들이야 별말을 다 하지요!」

「당신은 평생 경마장에 돈을 바쳤구려.」

「정부가 경마를 금지했더라면, 나도 그럴 일이 없었을 거요!」

「몇 년째 당신은 페르낭의 바에서 장외마권을 샀다던데.」

「그야 거기가 마권 판매소니까.」

「하여간 경마에 걸리면 어디선가 돈을 구해야 했을 테지. 그런데, 2년 반 전까지는 아주 소액으로만 걸었고, 어떤 때는 술값도 남지 않아서 페르낭이 외상을 주어야 했다던데.」

「뭐 꼭 그럴 필요는 없었는데. 날 또 오게 하려는 수작이오.」

「그런데 어느 때부터인가 꽤 큰 돈을, 가끔은 거액을 걸기 시작했다고. 그리고 며칠도 안 지나 또 돈이 떨어지고.」

「그게 뭐 어쨌다는 거요?」

「지난 토요일에는 꽤 큰 돈을 걸었다던데.」

「그야 말 한 마리에 수백만씩 거는 사람들을 몰라서 하는 얘기지!」

「그 돈은 어디서 났소?」

「여자가 일을 하니까.」

「무슨 일을?」

「남의 집 일도 하고. 가끔은 강변로의 선술집에서도 일하고.」

「날 놀리는 거요?」

「감히 어떻게 매그레 반장을 놀린단 말씀?」

「잘 들어요. 이런 식으로 시간을 끌어 좋을 게 없소.」

「저야 뭐 딱히 할 일도 없습니다마는…….」

「하여간 당신 처지가 어떤 건지 말해 주지. 당신이 루이 씨와 함께 있는 걸 봤다는 증인이 여러 명 있소.」

「좋은 친구였지요.」

「그건 상관없고. 하여간 한 2년 반쯤 전일 거요. 그 무렵에 루이 씨는 일자리를 잃고 간신히 명줄을 붙들고 있는 처지였지.」

「아, 그게 어떤 건지는 알다마다요!」 제프가 한숨을 지었다. 「그 줄 참 징하게 길더만!」

「당신이 뭘 먹고 살았는지는 모르겠는데, 아마 프랑수아즈라는 그 여자가 벌었겠지. 당신은 여기저기 벤치나 어슬렁거리고. 가끔은 경마에 돈도 걸고 선술집에 빚도 지면서 말이오. 루이 씨로 말하자면, 적어도 두 사람한테서 돈을 빌려야 했고.」

「그야 세상에는 가난한 자들이 많으니까요.」

매그레는 그가 무슨 대꾸를 하든 상관하지 않았다. 제프는 워낙 남을 웃기는 데 이골이 난 터라 이기죽대지 않고는 못 배기는 모양이었다. 반장은 침착하게 자기 생각을 밀고 나갔다.

「그런데 어느 날 당신들 둘 다 씀씀이가 좋아졌단 말이야. 정확한 날짜들을 따져 보면 그 점은 입증할 수 있어.」

「난 생전 날짜 같은 건 기억해 본 적이 없소이다.」

「그 후로는 큰돈을 거는 시기와 빚을 지는 시기가 번갈아 반복되었지. 루이 씨와 당신이 어떻게인가 돈을, 그것도 많은 돈을 손에 넣을 방도를 찾아냈음이 틀림없다는 건 누가 봐도 뻔한 얘기야. 그런데 그 방법이라는 게 정상적인 방법은 아닐 거란 말이지. 하여간 이 문제는 좀 됐다 생각하기로 하고……」

「안됐구려. 나도 그 방법을 좀 알고 싶은데.」

「그렇게 히죽거릴 날도 얼마 남지 않았소. 다시 말하지만, 토요일에 당신은 주머니가 아주 두둑해 가지고 나타나 몇 시간 만에 몽땅 잃었지. 월요일 오후에 당신의 공모자인 루이 씨는 생마르탱 대로의 막다른 골목에서 피살되었고.」

「내게도 큰 손실이오.」

「당신은 전에도 중죄 재판소에 간 적이 있소?」

「경범 재판소까지밖에 안 갔어요. 여러 번이지만.」

「좋아! 배심원들은 농담 같은 걸 좋아하지 않는 사람들이지. 특히 당신처럼 전력이 화려한 경우에는 말이야. 루이 씨의 출입을 환히 알고 그를 죽여 이익을 얻을 사람이 당신밖에 없다고 결론지을 가능성도 얼마든지 있어.」

「그렇다면 전부 멍청이들이지!」

「하여간 당신한테 말해 주고 싶었던 건 이게 다요. 이제 정오하고도 30분이 지났군. 우리 두 사람 다 내 사무실 안에 있고. 1시에 코멜리오 판사가 자기 사무실에 도착하면 그에게 보낼 테니 알아서 해보라고.」

「그 사람, 솔질한 콧수염을 기른, 작달막한 갈색 머리 아니오?」

「그런데.」

「그 사람하고는 전에도 만난 적이 있어. 참 고약한 친구지. 하지만 이제는 그리 젊지도 않겠지?」

「그 사람 나이는 직접 물어보시오.」

「내가 그를 다시 만나고 싶지 않다면?」

「어떻게 하면 되는지 잘 알 거요.」

어릿광대 제프는 긴 한숨을 내쉬었다.

「담배 있소?」

매그레는 서랍에서 담배를 꺼내 갑째로 내밀었다.

「성냥은?」

잠시 아무도 말하지 않았다.

「여기 술 같은 건 없겠지.」

「자백하겠소?」

「나도 모르겠소. 내가 말해줄 만한 것이 있을지.」

오래 걸릴지도 몰랐다. 매그레는 그런 부류의 사람들을 알고 있었다. 될 대로 되라는 식으로, 그는 옆방으로 통하는 문을 열어젖혔다.

「뤼카! 발미 강변로에 가서 프랑수아즈 비두라는 여자를 좀 데려오게.」

갑자기 어릿광대가 안절부절못하더니 마치 질문이 있는 초등학생처럼 손을 들었다.

「반장님, 그러지 마십시다!」

「자백하겠소?」

「한잔 걸치면 좀 쉬워질 것 같은데…….」

「잠깐만, 뤼카. 조금 이따 내가 가라고 하면 가게.」

그러고는 다시 제프를 향했다.

「여자가 두려운 모양이로군?」

「마실 걸 주겠다고 했잖소.」

문을 도로 닫고, 매그레는 벽장에서 코냑 병을 꺼내어 잔에 조금 따랐다.

「나 혼자 마시란 말이오?」

「그러지 않으면?」

「어디 질문을 해봐요. 변호사들 식으로 말하자면, 사법 진행을 방해하지는 않을 테니까.」

「루이 씨와는 어디서 만났소?」

「본누벨 대로의 벤치에서.」

「어쩌다 아는 사이가 되었지?」

「벤치에서 다들 하는 식으로. 봄이구려, 했더니 그 친구가 지난주보다 날씨가 많이 풀렸지요, 하고 받더구먼요.」

「그게 2년 반 전의 일이요?」

「거진 그래요. 난 날짜 같은 거 적어 두지 않으니까. 그

후에도 몇 번 더 벤치에서 마주쳤는데, 말상대가 필요한
것 같더라고요.」

「실직했다고 하던가?」

「뭐 나름대로 사연을 털어놓더구먼요. 25년 동안이나
같은 상사를 위해 일했는데, 아무 예고 없이 문을 닫더라
고. 그래서 마누라한테는 감히 입도 뻥긋 못 했다고. 근
데 우리끼리 얘기지만, 그 작자 마누라가 참 굉장한 여자
인 것 같습디다. 하여간 그래서 여전히 창고 관리인으로
일하는 척했대요. 아마 사정을 털어놓은 건 나한테가 처
음이었을 거요. 그러고 나니 좀 기분이 나아진 모양이었
어요.」

「당신이 누군지 그도 알고 있었소?」

「그냥 한때 서커스에서 일한 적이 있다고만 했지요.」

「그러고는?」

「대체 알고 싶은 게 뭐요?」

「전부 다.」

「일단 내 파일을 검토해서 몇 번이나 형을 살았는지 봐
주시면 좋겠구먼요. 다시 전과자가 되면 아예 추방형을
살게 돼요. 그건 싫거든.」

매그레는 그의 부탁을 들어주었다.

「살인죄만 아니면, 아직 두 번은 남았소.」

「그런 것 같더라고. 한데 반장님 셈과 내 셈이 같은지

185

모르겠구먼.」

「강도질을 했나?」

「그렇게 간단치 않아요.」

「처음 생각해 낸 건 누구지?」

「물론 그 친구지요. 난 그럴 만큼 머리가 안 돌아가요. 한잔 더 해도 될랑가요?」

「나중에.」

「한참 걸릴 텐데. 나한테 빨리빨리 얘길 좀 시켜 봐요.」

반장은 마지못해 술을 조금 더 따라 주었다.

「사실, 그건 벤치에서 시작된 거요.」

「그게 무슨 말이지?」

「날마다 벤치에서 시간을 보내다 보니, 주변에서 일어나는 일들이 눈에 들어오기 시작한 거지. 대로에 비옷을 파는 가게가 있는데, 아시는지 모르겠구먼.」

「알지.」

「루이가 앉아 있곤 하던 벤치가 그 바로 맞은편이었어요. 그래서 일부러 그런 건 아니었는데도 가게 안에서 점원들이 들고나는 습관을 알게 되고, 거기서 힌트를 얻은 거지요. 온종일 아무것도 할 일이 없다 보면 별의별 생각에 온갖 궁리를 다 하고 뜬구름 잡는 계획들을 세우게 되거든. 어느 날 나더러 지나가는 얘기처럼 흘립디다. 그 가게에는 항상 사람이 많다고. 남녀노소 할 것 없이 온갖 모양의 우비를 파는 데였으니까. 아이들 것도 따로 한구석에 걸려 있었지. 2층도 있고. 그 건물은, 그 동네 건물들이 대개 그렇지만, 왼쪽이 막다른 골목이고 골목 안쪽에는 공터가 있지. 그림을 그려 드릴까?」

「지금은 말고. 얘길 계속하지.」

「루이가 내게 그러는 거요. 〈왜 아무도 저 계산대를 털지 않는지 모르겠어. 너무나 쉬운 일인데.〉」

「귀가 쫑긋했겠구먼.」

「물론 구미가 당겼지요. 그 친구 설명에 의하면, 날마다 정오경에는, 늦어도 12시 15분에는, 마지막 손님들을 다 내보내고 점원들이 점심을 먹으러 간다는 거였소. 주인은 염소수염을 기른 자그마한 노인인데, 거기서 멀지 않은 라 쇼프 뒤 네그르라는 데서 식사를 하고.

〈만일 손님 중에서 누군가가 그 안에 갇히기로 한다면……〉

아, 물론 엉뚱한 생각이지요. 나도 처음에는 말도 안되는 얘기라고 반대했어요. 하지만 루이는 몇 주째 그 가게를 지켜봤는데, 점원들은 점심 식사를 하러 나가기 전에 가게를 구석구석 살피지 않는다는 거요. 옷걸이에 걸린 옷들 사이에 누가 숨었는지 같은 것은 신경도 안 쓰고 말이오. 하기야 그런 가게에 누가 일부러 남아 숨겠소?

요는 바로 그거였어요. 주인은 나가면서 문을 꼼꼼히

잠그지요.」

「그러니까 일부러 가게 안에 남아 갇힌다는 거로군? 그런 다음 돈궤를 들고 빗장을 뜯고 나가고?」

「아니, 틀렸어요. 웃기는 건 바로 그다음 대목이지. 날 잡아넣는다 해도 아무 증거가 없을 거거든. 난 돈궤에서 돈을 꺼낼 뿐이야. 그러고는 화장실에 가는 거요. 물 내리는 곳 근처에 작은 창문이 있는데, 세 살배기 하나도 드나들지 못할 만큼 작지만, 돈 보따릴 건네기에는 충분하거든. 창문은 공터로 나 있고. 그러니까 루이가 그냥 지나는 길인 것처럼 하면서 슬쩍 그 보따릴 들고 가면 그만인 거야. 나는 점원들이 돌아오기를 기다렸다가 손님들이 차츰 많아져서 아무도 날 눈여겨보지 않게 되면 들어갔을 때만큼이나 침착하게 나오면 그만이고.」

「그래서 돈을 나눠 가졌나?」

「공평하게. 제일 어려운 건, 그 일을 할지 말지 결정하는 거였지. 그는 그냥 심심풀이 삼아 그런 생각을 해본 거였거든. 내가 실제로 그 일을 하자고 하자, 그는 거의 패닉 상태였어요. 그런데도 그가 결심한 건 도저히 자기가 실직해서 알거지가 되었다는 걸 마누라한테 말할 수 없었기 때문이지요. 그 방법에는 또 다른 이점도 있었어요. 만약 내가 잡힌다면 절도죄에 걸리긴 하겠지만, 가택 침입도 불법 침입도 한 적이 없거든. 그러면 형량이 적어도

2년은 차이가 난다지요, 아마?」

「그야 당장이라도 법전을 찾아보면 알 수 있지.」

「이상이오. 루이랑 나는 그런 대로 잘 꾸려 왔고 난 아무 후회가 없어요. 우비 가게를 턴 돈으로 석 달 이상 잘 지냈지요. 솔직히 말해, 내 몫은 별로 오래가지 않았지만. 경마 때문에 말이오. 하지만 루이가 가끔 내게 돈을 찔러 주곤 했지. 그 돈이 떨어지자 우린 다른 벤치로 갔어요.」

「또 다른 가게를 털려고 말인가?」

「괜찮은 방법이었으니까요. 굳이 다른 걸 찾을 이유가 없었지요. 이제 방법을 터득했으니 말이오. 신고 들어온 걸 뒤져 보면 아마 내가 숨어 있었던 가게들이 쭉 나올 거요. 두 번째 목표가 된 건 역시 같은 대로변에서 조금 떨어진, 전등이랑 조명 기구를 파는 데였는데, 거긴 막다른 골목은 없었지만, 가게 뒷방이 다른 건물의 안뜰로 통했어요. 그런데 그 동네 화장실들은 거의 다 그런 공터나 막다른 골목으로 환기창이 나 있거든.

딱 한 번, 점원에게 들킬 뻔했어요. 내가 숨어 있던 벽장 문을 열기에 난 술에 취해 잘못 처박힌 것처럼 했지. 점원이 주인을 불렀고, 경찰을 부르겠다면서 날 내쫓더군요.

이제 내가 왜 루이를 죽였겠는지 말해 보시지요? 그렇게 죽이 잘 맞는 짝패를 죽이긴 왜 죽여요? 난 그 친구를

189

프랑수아즈에게 소개하기까지 했는데. 여잘 안심시키려고 말이오. 대체 내가 어디서 뭘 하는지 하도 걱정을 하기에…… 그 친군 여자한테 초콜릿을 사 들고 왔고, 여자는 그가 대단한 사람인 줄 알지요.」

「지난주에도 또 한 건 했나?」

「그건 신문에도 났더군요. 몽마르트르 대로변의 사탕 가게였지요.」

「그러니까 루이 씨가 막다른 골목에서 피살된 건, 보석 상에도 공터로 난 그런 창문이 있는지 확인하려다 그런 건가?」

「아마 그랬겠지요. 장소를 물색하는 건 항상 그였으니까. 나보다 풍채가 낫잖소. 나 같은 놈은 늘 의심거리지만 말이오. 한번은 나도 쫙 빼입고 나가 봤는데, 더 이상하게 보더라고.」

「그럼 누가 그를 죽였지?」

「그걸 나한테 묻는 거요?」

「그를 죽일 만한 이유를 가진 게 누구였을까?」

「나도 모르지. 아마 그 친구 마누라?」

「왜 자기 남편을 죽이겠나?」

「맘에 안 드니까. 그렇게 오랫동안 자길 속여 넘기고 애인까지 둔 걸 알면 가만있지 않았을걸요…….」

「그 애인도 만나 본 적 있소?」

「뭐, 정식으로 소개한 건 아니지만. 그런 여자가 있다는 얘긴 들었고, 멀리서 봤지요. 그 친구 그 여잘 무척 아꼈는데. 정에 굶주린 사람이었거든. 하기야 누구나 다 그런 거지만. 안 그래요? 내게는 프랑수아즈가 있고, 반장나리도 누군가 있겠지. 그 두 사람은 의가 좋았어요. 함께 영화관에도 가고, 카페에서 오순도순 얘기도 하고.」

「여자도 그가 무슨 일을 하는지 알고 있었나?」

「아닐 거요.」

「그럼 누가 알고 있었지?」

「우선은 나하고.」

「그야 당연한 거고.」

「아마 그 친구 딸도 알았을 거요. 자기 딸 때문에 어지간히 속을 썩이던데. 나이가 들어가면서 제 어미를 닮아간다던가……. 언제나 돈을 요구했어요.」

「앙굴렘가에도 가봤소?」

「한 번도.」

「그 집은 알고 있었고?」

「날 데려가 보여 주더구먼.」

「왜 들어가 보지 않았소?」

「글쎄, 폐가 될 거 같아서. 집주인 여자는 그를 점잖은 사람으로 알고 있는데, 날 보면…….」

「그런데 그의 방에서 당신 지문이 발견되었다면 뭐라

고 할 거요?」

「그야 협잡이겠지.」

그는 전혀 불안해 보이지 않았다. 여전히 여유를 잃지 않으면서, 이따금씩 술병 쪽으로 눈길을 던지곤 했다.

「또 누가 알고 있었소?」

「이봐요, 반장 나리. 난 그냥 나요. 평생 다른 사람을 감시해 본 적 없어요.」

「그럼 당신을 기소해도 좋단 말이오?」

「그렇다면 부당한 일이 되겠지.」

「또 누가 알고 있었느냐니까?」

「딸의 애인이요. 그 친구가 결백하다고는 보장 못 해요. 애인이 시킨 짓인지는 모르겠는데, 며칠씩 오후마다 루이를 미행하기 시작했으니까. 그러다 두 번이나 다가와 돈을 요구했다는 거였소. 루이는 놈이 자기 아내한테 이르든가 아니면 익명의 편지라도 보낼까 봐 아주 노심초사했지요.」

「당신도 그 청년을 아나?」

「아니. 아주 어린애라는 거, 오전에 서점에서 일한다는 거밖에 몰라요. 지난번에는 결국 파탄이 나고 말 거라고까지 하더구먼. 이런 식으로 언제까지 계속될 수는 없다고, 마누라가 사실을 알고야 말 거라고 안절부절못했어.」

「동서들 얘기도 하던가?」

「가끔. 그 친구한테 동서들을 본받으라고 하는 모양이던데. 그자들에 비하면 루이는 아무짝에도 쓸모없는 인간으로, 괜히 결혼 같은 걸 해서 애꿎은 여자를 고생시키지 말았어야 했다는 거였소. 나도 충격받았다고.」

「무슨 충격?」

「신문에서 그 친구가 죽은 걸 알고 말이오. 게다가 난 그 일이 일어났을 때 그 근처에 있었거든. 페르낭한테 물어보면 확인해 줄 거요. 내가 그 집 카운터에서 한잔하고 있었다고 말이오.」

「루이 씨는 돈을 지니고 있었소?」

「글쎄, 그것까진 모르겠지만, 이틀 전에 꽤 큰돈을 건졌지.」

「돈을 가지고 다니는 편이었소?」

「주머니에 넣고 다니든가 아니면 자기 방에 두든가 했지. 웃기는 건 매일 저녁 집으로 가는 기차를 타려면 구두랑 넥타이를 바꾸러 방에 가야 했다는 거야. 한번은 넥타이를 잊어버렸다던가. 그 친구가 얘기해 준 거요. 리옹 역까지 가서야 생각이 나더라고 말이오. 아무 넥타이나 살 수도 없고. 아침에 매고 나온 거라야 할 거 아뇨. 그래서 앙굴렘가까지 돌아가야 했고, 집에는 회사에 급한 일이 있어 늦었다고 둘러댔다고 하더라고.」

「화요일부터는 왜 프랑수아즈의 집에서 나오지 않은

거요?」

「반장이 내 처지라면 어떻게 했겠소? 화요일 아침에 신문을 읽고는 내가 루이와 함께 다니는 걸 본 사람들이 경찰에 말하리라고 생각했지. 나 같은 사람들이야 항상 요주의 대상이 되지 않소.」

「파리를 떠날 생각은 안 했고?」

「난 그저 가만히 있기만 하면 될 줄 알았지. 다들 나 같은 건 잊어 주길 바라면서 말이오. 그런데 오늘 아침 당신네 형사 목소리를 듣고, 다 끝났다는 생각이 들더라고.」

「프랑수아즈도 당신이 하는 일을 알고 있었소?」

「아니.」

「그럼 그 많은 돈이 어디서 난다고 생각했을까?」

「우선, 난 돈을 아주 조금밖에 뵈주지 않았거든. 경마에 날리고 남은 거 말이오. 그리고 그 여잔 내가 여전히 지하철에서 소매치기를 하는 줄 알지요.」

「그런 짓도 했소?」

「내 대답을 안 믿으시는군. 그런데, 목이 칼칼하지 않소?」

매그레는 병에 남은 것을 마저 따라 주었다.

「이제 더 털어놓을 거 없소? 그게 다요?」

「보시다시피!」

매그레는 옆방 문을 열고 뤼카를 향해 말했다.

「유치장으로 데려가.」

그리고 한숨지으며 일어서는 제프 슈라메크 쪽을 돌아보고는 말했다.

「어떻든 수갑은 채워 가지고.」

곡예사가 고무 같은 얼굴에 기묘한 미소를 띤 채 돌아보자, 한마디 덧붙였다.

「너무 심하게 다루진 말고.」

「고맙소, 반장 나리. 그런데 뭣보다도 프랑수아즈에게는 내가 그렇게 큰돈을 도박으로 날렸다는 말은 말아 주쇼. 그랬다간 날 안 보려 할 수도 있으니까.」

매그레는 외투를 꿰고 모자를 집어 든 다음, 브라스리 도핀에 가서 한입 먹을 생각이었다. 잿빛 중앙 계단을 내려가다가, 그는 아래쪽에서 나는 소리에 걸음을 멈추고 난간 아래쪽을 굽어보았다.

머리칼이 헝클어진 한 청년이 우람한 순경의 손아귀에 붙들려 몸부림치고 있었다. 순경은 뺨에 생채기가 난 채 고함치고 있었다.

「가만히 못 있겠어? 계속 이러면 한 대 올려붙일 거야.」

반장은 웃음을 참을 수 없었다. 알베르 조리스를 그런 식으로 데려온 것이다. 청년은 여전히 소리치고 있었다.

「날 놔줘! 내 발로 가겠단 말야!」

두 사람 모두 매그레가 있는 데까지 올라왔다.

「방금 생미셸 다리 위에서 체포했습니다. 금방 알아보

겠더라고요. 잡으려니까 달아나려 하더군요.」

「사실이 아냐! 거짓말!」

청년은 숨을 헐떡이면서 얼굴이 시뻘게지고 눈이 번들거렸다. 순경은 그의 외투 목덜미를 잡고 마치 허수아비 인형이라도 되는 것처럼 높이 치켜들었다.

「날 놔줘!」

그는 발길질을 했지만 허공을 찰 뿐이었다.

「내가 매그레 반장을 만나겠다고 했잖아요. 내가 내 발로 여기 왔다고요.」

그의 옷은 다 구겨지고 바지에는 아직 전날의 진흙이 묻어 있었다. 눈 밑에는 커다란 그늘이 져 있었다.

「내가 매그레 반장인데.」

「그럼 날 좀 놔주라고 명령하세요.」

「이제 놔줘도 되네.」

「그러시다면 뭐……. 하지만……」

순경은 청년이 또다시 뱀장어처럼 빠져나갈까 봐 안심이 안 되는 눈치였다.

「내게 폭행을 했어요……」 알베르 조리스가 숨을 헐떡였다. 「내가 무슨…… 무슨……」

그는 너무나 성이 나서 할 말을 찾지 못했다.

반장은 저도 모르게 슬며시 웃으며 순경의 뺨에 난 상처를 가리켰다.

「내 보기엔 오히려 자네가 폭행을 한 거 같은데……」

조리스는 순경 쪽을 흘긋 쳐다보더니 눈을 번쩍이며 소리쳤다.

「잘됐지요, 뭐!」

8
모니크의 비밀

「자, 이리 앉아 봐, 양아치 녀석.」

「난 양아치가 아니에요.」 조리스가 항의했다.

그러고는 채 숨을 돌리지 못해 여전히 씩씩대면서도, 한결 차분해진 목소리로 말했다.

「난 매그레 반장이 사람들에게 자기 입장을 설명할 틈도 주지 않고 욕부터 하리라고는 생각지 않았는데요.」

매그레는 흠칫 놀라서 눈살을 찌푸리며 그를 바라보았다.

「점심은 먹었나?」

「생각 없어요.」

심통 난 아이 같은 대답이었다.

「여보세요!」 매그레는 수화기에 대고 말했다. 「브라스리 도팽 부탁합니다……. 여보세요! 조제프……? 날세, 매그레……. 샌드위치 좀 갖다주겠나? 여섯 개……. 나는 햄으로 하고…… 잠깐만…….」

그러고는 조리스를 향해 물었다.

「햄? 치즈?」

「상관없어요……. 햄이요.」

「맥주? 포도주?」

「물이요. 목이 말라요.」

「조제프? 햄 샌드위치 여섯 개, 좀 두툼하게 만들어 주고, 맥주 네 병……. 아, 그리고 주문하는 김에 블랙커피 두 잔도 부탁하네……. 금방 되겠지?」

그는 전화를 끊고 곧이어 경찰청의 한 내선 번호를 요청했다. 그러면서 계속 청년을 유심히 관찰했다. 조리스는 허약하고 깡마른 체격으로, 거의 병적으로 예민해 보였다. 마치 비프스테이크 대신 커피로만 지내 온 듯한 인상이었다. 그 점을 제외하면 못생긴 축은 아니었으며, 갈색 머리를 길게 기르고 이따금씩 머리칼을 뒤로 넘기느라 고개를 휙 젖히곤 했다.

아마 아직도 격한 감정이 가라앉지 않은 때문인지, 가끔씩 콧구멍이 움찔거렸다. 고개를 모로 꼰 채 여전히 반장을 비난하듯 노려보고 있었다.

「여보세요! 아, 이제 조리스라는 자를 더는 찾을 필요가 없으니, 파출소와 기차역에 알려 주시오.」

청년은 입을 열었지만, 매그레는 미처 말할 틈을 주지

않았다.

「좀 이따가!」

하늘이 또다시 흐려졌다. 비가 오려는지 우중충한 것이, 아마 장례식 날만큼이나 줄기찬 비가 될 듯했다. 매그레는 약간 열려 있던 창문을 닫고, 줄곧 입을 꾹 다문 채 책상 위의 파이프들을 정리했다. 마치 타자수가 일을 시작하기 전에 타자기와 속기 노트와 먹지 테이프 같은 것을 정리하는 것처럼.

「들어오게!」 문 두드리는 소리가 나자 그는 답했다.

느뵈 형사가 고개만 빠끔히 들이밀었다. 아마 한창 심문 중인 줄 알았던 모양이었다.

「저, 이제……」

「이제 그만 가보게, 고맙네.」

그런 다음 반장은 브라스리 도핀에서 배달이 오기를 기다리며 방 안을 이리저리 거닐었다. 시간을 보내려고 그는 한 번 더 전화를 걸었다. 이번에는 집이었다.

「점심때 못 돌아가오.」

「그런 것 같았어요. 지금이 몇 시나 됐는지 알아요?」

「아니. 왜, 무슨 일 있나?」

그녀는 웃음을 터뜨렸다. 그는 영문을 알 수 없었다.

「제가 여기 온 건……」

「좀 이따가.」

그날로 세 번째 심문이었다. 그는 목이 탔다. 그는 청년의 눈길이 가는 방향을 돌아보고는 아직 책상 위에 남아 있는 코냑 병과 술잔을 보았다.

매그레는 아이처럼 얼굴이 붉어져서 하마터면 변명을 할 뻔했다. 그렇게 큼직한 잔으로 코냑을 마신 것은 자기가 아니라 알베르보다 먼저 사무실에 다녀간 제프 슈라메크라고.

청년의 비난에 신경이 쓰인 것일까? 그가 매그레 반장에 대해 가졌던 존경심을 흐려 놓은 것이 마음에 걸렸을까?

「들어오게, 조제프. 쟁반을 책상 위에 내려놔. 잊어버린 거 없겠지?」

그러고는 마침내 음식을 놓고 단둘이 마주 앉았다.

「먹지.」

조리스는 아까 점심 생각 없다던 말과는 딴판으로 기세 좋게 먹어 치웠다. 식사하는 동안 내내 그는 신기하다는 듯 반장을 흘끔거렸고, 맥주 한 잔을 다 마신 후에는, 어느 정도 안정을 되찾았다.

「이제 좀 낫나?」

「감사합니다. 그래도 절 양아치 취급하신 건 달라지지 않아요.」

「그 얘긴 좀 이따 하지.」

「전 정말로 반장님을 만나러 온 거예요.」

「왜?」

「더는 숨어 지내기가 싫어서요.」

「왜 숨었는데?」

「체포당할까 봐서요.」

「왜 체포를 당할 것 같았는데?」

「아시잖아요.」

「모르겠는데.」

「왜냐하면 제가 모니크 애인이니까요.」

「경찰에서 그걸 알아냈을 거라고 생각했나?」

「그야 쉬운 일이잖아요.」

「그러니까 자네가 모니크 애인이기 때문에 경찰에서
자네를 체포한다?」

「제게 실토를 하게 하려고요.」

「그야 물론이지!」

「제가 거짓말을 할 걸로 단정하고, 제가 자가당착에 빠
지도록 유도하려는 거잖아요.」

「그런 건 다 추리 소설에서 읽었나?」

「아뇨. 신문 기사에서요. 경찰이 어떤 식인지는 저도 다
알아요.」

「그렇다면, 자넨 왜 제 발로 여길 찾아왔지?」

「제가 투레 씨를 죽이지 않았다는 말을 하려고요.」

매그레는 파이프를 뻐끔거리며 두 병째 맥주를 천천히

비워 가던 참이었다. 책상 앞에 앉아 있던 그는 녹색 갓이 달린 등에 불을 켰다. 창턱에 빗방울이 후둑후둑 떨어지기 시작했다.

「자넨 자네가 하는 말이 무슨 뜻인지 아나?」

「무슨 말씀인지 모르겠는데요.」

「자넨 경찰이 자네를 체포할 거라고 생각했다는 거지. 그 얘긴 우리가 그럴 만한 이유가 있었다는 거거든.」

「앙굴렘가에 가보시지 않았나요?」

「자네가 그걸 어떻게 아나?」

「투레 씨가 시내에 방을 얻었다는 걸 결국은 알아냈을 테니까요. 그 누런 구두 때문에라도요.」

반장의 입가에 재미있다는 듯한 미소가 감돌았다.

「그래서?」

「집주인 여자가 분명히 말했겠지요. 제가 찾아간 적이 있다고.」

「그게 자넬 체포할 이유가 되나?」

「모니크도 심문하셨잖아요.」

「그럼 자넨 그녀가 뭔가 말했을 거라고 생각하나?」

「보나마나 반장님이 말하게 만들었겠지요.」

「그렇다면 애초에 자넨 왜 친구 집에 가서 침대 밑에 숨었나?」

「그것도 아세요?」

「대답해 봐.」

「별생각 없었어요. 그냥 몹시 당황했지요. 날 족쳐서 있지도 않은 일을 불게 할까 봐 겁이 났어요.」

「그것도 신문에서 읽은 건가?」

중죄 재판소에서 르네 르쾨르의 변호사도 경찰의 가혹 행위에 대해 말하지 않았던가? 그가 한 말이 모든 신문에 고스란히 실리지 않았던가? 그러고 보니 아침에 온 우편물 중에 르쾨르의 편지도 한 통 있었다. 사형 선고를 받고 낙심하여, 반장에게 감옥으로 면회를 좀 와달라는 것이었다.

매그레는 그 편지를 청년에게 보여 줄 뻔했다. 필요하다면 나중에라도 보여 줄 수 있을 것이었다.

「게이뤼삭 가의 은신처에서 나온 이유는 뭔가?」

「더 이상 온종일 침대 밑에 숨어 지낼 수가 없어서요. 끔찍했어요. 온몸이 다 쑤시더라고요. 당장이라도 재채기가 날 것만 같고. 작은 아파트라 방문들을 모두 열어 놓고 지내기 때문에 친구 숙모가 왔다 갔다 하는 소리도 다 들리고, 제가 조금이라도 움직였다가는 그 소리도 다 들릴 것 같았어요.」

「그게 다인가?」

「배도 고팠고요.」

「거기서 나온 다음엔 뭘 했나?」

「길거리를 쏘다녔어요. 밤에는 중앙 시장의 야채 자루들 사이에서 잠깐 눈을 붙였고요. 생미셸 다리까지 두 번 가봤고, 모니크가 여기서 나오는 것도 봤어요. 앙굴렘가에도 가봤는데, 멀리서 보니 누가 파수를 서는 것 같더라고요. 경찰에서 나왔나 보다 짐작했지요.」

「왜 루이 씨를 죽였다는 의심을 살 거라고 생각했지?」

「제가 그에게서 돈을 빌린 거 모르세요?」

「빌렸다고?」

「굳이 말하자면 제가 부탁한 거지만요.」

「부탁했다고?」

「그럼 뭐라고 해야 해요?」

「부탁에도 여러 종류가 있지. 특히 부탁받은 사람이 거절할 수 없게 하는 방식도 있고. 프랑스어로 그런 건 협박이라고 하지.」

청년은 잠자코 바닥만 뚫어져라 내려다보았다.

「대답해.」

「하지만 실제로 투레 부인에게 이르진 않았을 거예요.」

「그래도 이르겠다고 위협했지?」

「그럴 필요도 없었어요.」

「그가 이미 그렇게 생각하고 있었기 때문에?」

「그야 모르지요. 뭘 물으시는 건지 더 이상 갈피를 못 잡겠어요.」

그러더니 지친 음성으로 덧붙였다.

「졸려 죽겠어요.」

「커피를 마셔.」

청년은 순순히 그 말에 따르며 매그레에게서 눈을 떼지 않았다.

「그를 여러 번 찾아갔었나?」

「딱 두 번이요.」

「모니크도 알고?」

「걔는 뭐라고 했는데요?」

「중요한 건 걔가 뭐라고 했는지가 아니라, 진실을 아는 거지.」

「걔도 알고 있었어요.」

「무슨 말을 했나?」

「누구한테요?」

「그야 루이 투레한테 말이지.」

「우리가 돈이 필요하다고요.」

「우리라니?」

「모니크랑 저요.」

「왜?」

「남아메리카로 가게요.」

「그에게 그런 계획을 말했나?」

「그럼요.」

「그랬더니?」

「어쩔 수 없다는 결론을 내리더군요.」

뭔가 아귀가 맞지 않았다. 청년은 매그레가 실제로 아는 것 이상으로 안다고 생각하는 것이 분명했다. 신중하게 대처할 필요가 있었다.

「청혼을 하지 않았나?」

「했지요. 하지만 실제로 불가능하다는 건 투레 씨도 잘 알고 있었어요. 우선 전 성년이 아니라 부모님 허락이 필요했고, 설령 제가 허락을 얻는다 해도 투레 부인은 저처럼 아무것도 없는 놈을 사위로 받아들이지 않았을 거예요. 부인한테 가지 말라는 말은 투레 씨가 먼저 했어요.」

「모니크와 자네가 여기저기서 방을 빌려 뭘 했는지 다 그에게 고백했나?」

「그런 것까지 자세히 말하진 않았어요.」

그는 또다시 얼굴을 붉혔다.

「전 그냥 개가 임신했다고만 했어요.」

매그레는 꿈쩍도 하지 않고 놀라움을 삼켰다. 하지만 충격이었다. 그것은 단 한 번도 생각해 보지 않은 한 가지였으니, 필시 그는 심리적 통찰이 부족한 것일 터였다.

「몇 달이나 됐지?」

「두 달 조금 더 됐어요.」

「의사를 만나 봤나?」

「저는 함께 가지 않았어요.」

「하지만 모니크는 의사를 만났고?」

「그럼요.」

「자네는 문에서 기다리고?」

「아뇨.」

그는 의자를 조금 뒤로 젖히고 기계적으로 새 파이프
에 담배를 다져 넣었다.

「남아메리카에서는 뭘 할 작정이었지?」

「아무거나요. 겁 안 나요. 카우보이로라도 일할 수 있
을 거예요.」

그는 그런 말을 더없이 진지하게, 약간은 뻐기는 기색
도 없지 않게 내뱉었다. 반장은 텍사스와 애리조나의 목
장들에서 만났던 키 1미터 90센티미터의 거한들이 떠올
랐다.

「카우보이라!」 그는 되뇌었다.

「아니면 광산에서 일하든가요.」

「물론 그렇겠지!」

「어떻게든 헤쳐 나갈 수 있을 거예요.」

「모니크와 결혼을 하고 말이지.」

「그래요. 거기선 여기서보다 더 쉬울 거예요.」

「모니크를 사랑하나?」

「어떻든 제 아내잖아요? 정식으로 식은 안 올렸지만.」

「그 소식을 듣고 루이 씨 반응은 어떻던가?」

「자기 딸이 그런 짓을 했다는 게 영 믿어지지 않는 모양이었어요. 울더군요.」

「자네 앞에서?」

「예. 전 맹세했어요. 제 동기는……」

「……순수했다고 말이지. 그래서?」

「우리를 도와주겠다고 약속했어요. 당장은 돈이 없다면서, 미리 약간만 주었어요.」

「그 돈은 어디 있나?」

「모니크한테요. 자기 사무실에 숨겨 두었어요.」

「필요한 나머지 돈은?」

「화요일에 주겠다고 했어요. 큰돈이 들어올 거라면서요.」

「누구한테서?」

「그야 모르지요.」

「자기가 뭘 하는지는 얘기하던가?」

「할 수 없었을 거예요.」

「어째서?」

「왜냐하면 일을 안 했으니까요. 어디서 돈이 생기는지는 결국 못 알아냈지만요. 둘이서 하는 것 같았어요.」

「다른 사람도 봤나?」

「길에서 한 번요.」

「어릿광대 같은 얼굴을 한 키다리 말이지?」

「맞아요.」

「자네가 오기 조금 전에 여길 다녀갔다네. 그 친구한테 코냑을 한잔 따라 주었지.」

「그럼 반장님은 아시겠군요.」

「난 자네가 아는 걸 알고 싶은 거야.」

「전 아는 게 없어요. 어쩌면 둘이서 누군가를 협박하여 돈을 빼앗나 했지요.」

「그러니 그런 돈을 이용하지 않을 이유가 없다는 건가?」

「우린 아이 때문에 돈이 필요했어요.」

매그레는 수화기를 들었다.

「뤼카? 잠깐 와보겠나?」

형사가 나타나자, 반장은 말했다.

「알베르 조리스를 소개하겠네. 모니크 투레가 이 친구의 아이를 가졌다네.」

그는 더없이 진지하게 말했고, 영문을 모르는 뤼카는 고개를 까딱하며 경의를 표했다.

「아가씨는 지금쯤 아마 사무실에 있을 걸세. 오늘 아침 출근이 늦었으니까. 자네가 가서 의사한테 한번 데려가 보게. 그녀가 아는 의사한테 가면 돼. 딱히 아는 의사가 없다고 하면 경시청 의사한테 보이고. 임신 몇 개월째인지 확인하고 싶으니까.」

「만일 검사를 거부하면요?」

「그럴 경우 체포하는 수밖에 없다고 하게. 여기 내 사무실에 와 있는 애인도 마찬가지고. 자동차를 타고 가. 검사 결과를 내게 전화로 알려 주고.」

다시 두 사람만 남게 되자, 조리스가 물었다.

「왜 그런 걸 시키세요?」

「뭐든 다 사실 확인을 하는 게 내 일이니까.」

「제 말을 안 믿으세요?」

「자네는 믿지.」

「그럼, 걔를 안 믿으신다는 거예요?」

마침 전화가 걸려 오는 바람에 매그레는 그 질문에 대한 대답을 하지 않아도 되었다. 사건과는 무관한 전화였다. 며칠 전에 그를 찾아왔던 한 미치광이에 대해 이것저것 묻는 것이었다. 그 미치광이는 길에서 소란을 피우다 잡혀 왔다. 반장은 그저 몇 마디 대꾸만으로 전화를 끝낼 수도 있었지만, 일부러 통화를 오래 끌었다.

수화기를 내려놓은 그는 무슨 얘기를 하던 중이었는지 잊어버린 척, 전혀 엉뚱한 질문을 던졌다.

「이제 어쩔 셈인가?」

「제가 죽이지 않았다고 믿으시는 거예요?」

「그건 처음부터 알고 있었지. 이보게, 누군가의 등판에 칼을 꽂는다는 건 생각처럼 쉬운 일이 아니라네. 하물며 비명도 지를 새 없이 죽여 버리기는 더욱 어려운 일이고.」

「제가 그런 일을 못 할 거라고 생각하시는군요?」

「당연하지.」

청년은 그 말에 기분이 좀 상한 듯했다. 그가 남아메리카에 가서 카우보이가 되겠다든가 금광을 캐겠다든가 하는 말이 농담이 아니었던 모양이었다.

「투레 부인을 찾아갈 건가?」

「그래야겠지요.」

매그레는 이 선머슴 같은 청년이 잔뜩 긴장하여 쥐비지의 집을 찾아가서 모니크의 어머니에게 엉뚱한 소리를 늘어놓는 장면을 생각하고는 웃음이 터질 뻔했다.

「이제는 부인이 자네를 사위로 받아들일 거라고 생각하나?」

「그야 모르지요.」

「자네가 좀 수작을 부렸다고 털어놓지 그래.」

「무슨 말씀이세요?」

「자넨 루이 씨에게 여비 조로 돈을 빌려 달라고만 한 게 아니잖아. 모니크가 오후에 사무실에서 일하지 않고 수금을 하러 나갈 때는 자네도 함께 다니고 싶어 했지. 한두 시간쯤 틈을 봐서 방을 빌려 들어가기도 했을 테고.」

「그럴 때도 있었어요.」

「그래서 서점에서는 오전에만 일을 한 거고. 근데 방을 빌리는 데도 돈이 들거든.」

「그야 좀 들었지요…….」

「자넨 루이 씨가 돈을 어디다 두는지 알지?」

그는 청년을 주의 깊게 살폈다. 청년은 서슴없이 대답했다.

「거울 달린 장롱 위에요.」

「거기서 돈을 꺼내 주던가?」

「예. 하지만 모니크한테 들어서 전부터 알고 있었어요.」

「그러니까 월요일에는 앙굴렘가에 가지 않았고?」

「그건 쉽게 증명할 수 있어요. 주인 여자가 확인해 줄 거예요. 전 화요일 5시에 가기로 되어 있었어요.」

「배는 언제 타기로 되어 있었나?」

「3주 후에 떠나는 배가 있어요. 그동안 비자를 얻으면 되고요. 여권은 벌써 신청해 놨어요.」

「미성년자들은 부모 허락이 있어야 할 텐데.」

「아버지 서명을 위조했어요.」

잠시 침묵이 흘렀다. 처음으로, 조리스 쪽에서 질문을 던졌다.

「담배 피워도 돼요?」

매그레는 고갯짓으로 그러라고 했다. 묘하게도, 커피를 마시고 나니, 그야말로 코냑 한잔이 하고 싶어졌는데, 벽장 속에 넣어 둔 술병을 도로 꺼내 올 엄두가 나지 않았다.

「저를 양아치 취급하셨지요.」

「자네 자신은 어떻게 생각하는데?」

「저로서는 달리 어쩔 수 없는 일이었어요.」

「자네 자식도 자네처럼 되길 바라나?」

「제 자식은 다르게 키울 거예요. 걘 이런 상황······.」

또다시 전화가 오는 바람에 대화가 끊어졌다.

「반장님이세요?」

매그레는 느뵈의 목소리에 눈살을 찌푸렸다. 느뵈에게
는 아무것도 시킨 일이 없었는데.

「돈뭉치를 찾았어요!」

「무슨 얘길 하는 건가?」

그는 조리스 쪽을 흘끔 돌아보고는 형사의 말을 제지
했다.

「잠깐만. 다른 전화로 받겠네.」

그는 옆방으로 가서, 거기 있던 형사를 자기 방으로 보
내 조리스를 감시하게 한 다음 수화기를 들었다.

「됐네. 말해 보게. 지금 어디 있나?」

「발미 강변로예요. 한 비스트로에.」

「거기서 뭐 하나?」

「화나셨어요?」

「하여간 말해 보게.」

「잘하느라 한 건데요. 제프가 프랑수아즈랑 산 지도

214

10년이나 되었잖아요. 듣자 하니 그 친구가 이 여자를 보기보다 훨씬 아낀다는 거예요. 그래서 한번 여길 둘러볼 생각을 했지요.」

「거긴 뭐 하러?」

「그렇게 아끼는 여자를 한 푼도 없이 놔둔다는 게 어쩐지 이상해서요. 가보니 마침 여자가 집에 있더라고요. 방은 두 개뿐인데 한쪽 구석에 부엌이 달려 있고, 침실로 쓰는 방에는 네 귀퉁이에 구리 공이 달린 철제 침대가 하나 있어요. 벽은 시골식으로 회칠을 했는데 아주 깔끔하더군요.」

매그레는 부루퉁한 얼굴로 계속 듣고 있었다. 그는 아랫사람들이 나서서 설치는 것을 좋아하지 않았고, 특히 느뵈처럼 자기 팀이 아닌 경우에는 더욱 그러했다.

「제프가 체포됐다고 알렸나?」

「잘못한 건가요?」

「하여간 계속해 보게.」

「우선, 여자의 반응을 보니, 그가 무슨 일을 하는지는 전혀 모르는 것 같더군요. 지하철이나 버스에서 소매치기를 하다가 체포된 줄 알더라고요. 그런 일이 종종 있었다는 말을 믿어야 할 거 같아요.」

소매치기는 슈라메크가 시골 장터에서 일하던 시절부터 익힌 재주였고, 그가 감옥에 간 죄목 중에는 절도죄도 있었다.

「여자가 항의를 했지만, 그래도 집 안을 좀 뒤져 봤어요. 그러다가, 침대의 구리 공 밑에 달린 나사를 풀어 볼 생각을 했지요. 그중 두 개에서 지폐를 돌돌 말아 놓은 게 나오더라고요. 상당히 큰 액수더군요. 프랑수아즈는 자기 눈을 못 믿는 눈치였어요.

〈이런 돈을 가지고 있었으면서 날 식모로 내보내다니! 저승에라도 가지고 갈 건가! 돌아오기만 해봐라……〉

화를 가라앉히지 못하더군요. 욕이란 욕은 다 해대고, 달래느라 애를 먹었지요. 만약의 경우에 대비해서 간직해 둔 돈이 아니겠느냐고 한참을 달래야 했어요.

〈어떻게 이걸 도박에 걸지 않았는지 모르겠네!〉 여자는 궁시렁거렸어요.

이제 아시겠지요, 반장님? 지난 토요일에 꽤 큰 건을 하고 돈을 나눈 모양이에요. 여기 20만 프랑이 있는데, 제프도 이런 거액을 페르낭네 카페에서 내기에 걸 수는 없었던 모양이에요. 그러니까 둘이서 반씩 나눴다고 하면, 루이 씨도 이만한 액수를 가지고 있었다는 얘기지요.」

「수고했네.」

「이 돈을 어떻게 할까요?」

「가져왔나?」

「혹시 몰라서요. 그냥 거기 둘 수는 없었어요.」

「자네 팀 반장한테 가서 절차대로 다시 진행하게.」

「꼭 그래야 하나요?」

「그렇고말고! 만일 변호사들이 우리가 일부러 돈을 숨겨 놓고 자네가 그걸 찾아낸 것처럼 했다고 하면 어쩔 텐가!」

「제가 큰 실수를 한 거로군요?」

「그런 셈이지.」

「죄송합니다. 전 그저…….」

매그레는 전화를 끊었다. 토랑스가 사무실에 들어와 있었다.

「자네 할 일 있나?」

「급한 건 없습니다.」

「그럼 앙투안 반장한테 가보게. 가서 지난 2년 반 동안 그랑 불바르의 가게들이 신고한 절도 사건들을 수집해 봐. 특히 점심시간에 문을 닫은 동안 일어난 사건들을.」

그런 사건은 그가 아니라 앙투안 반장 팀의 소관이었고, 그 팀의 사무실들은 복도의 맞은편 끝에 있었다.

그는 알베르 조리스에게로 돌아가, 감시를 맡겼던 형사를 내보냈다. 청년은 그새 새 담배에 불을 붙여 물고 있었다.

「제가 도망이라도 칠 줄 아셨나 봐요.」

「그럴 수도 있지. 아니면 내 책상 위에 있는 서류철이라도 훔쳐볼 수도 있고. 아닌가? 그랬겠지?」

「어쩌면요.」

「그게 중요한 거지.」

「뭐가요?」

「아냐. 그냥 나 혼자 하는 말이야.」

「이제 저를 어쩌실 건가요?」

「지금은 그냥 기다려야지.」

매그레는 손목시계를 보고, 뤼카와 모니크가 의사에게 가 있으리라 짐작했다. 아마도 대기실에서 잡지를 뒤지고 있을 것이었다.

「저를 경멸하시지요?」

그는 어깨를 으쓱했다.

「전 도무지 기회가 없었어요.」

「무슨 기회 말인가?」

「벗어날 기회요.」

「벗어나다니, 어디서?」

청년은 거의 공격적이 되었다.

「봐요, 이해 못 하시잖아요. 만일 저처럼 온통 돈, 돈, 하는 분위기에서 자랐다면…… 어머니는 매달 월말이 다가오기만 하면 벌벌 떨고…….」

「난 어머니가 안 계셨다네.」

청년은 입을 다물었다. 10분 가까이 침묵이 계속되었다. 매그레는 방을 등지고 창문 앞에 선 채, 창유리 위로

흘러내리는 빗줄기를 바라보며 한참 서 있었다. 그러고
는 방 안을 이리저리 거닐다가, 결심한 듯한 동작으로 벽
장문을 열었다. 조금 전에 개수대에서 씻어 둔 술잔을 다
시 한 번 헹구고는, 코냑을 조금 따랐다.

「자넨 생각 없겠지?」

「예.」

알베르 조리스는 졸지 않으려고 무진 애를 쓰고 있었
다. 뺨이 붉게 달아오르고, 눈꺼풀이 따끔거리는 모양이
었다. 이따금씩 의자 위에서 이쪽저쪽으로 몸이 기울어
졌다.

「그래도 언젠가는 자네도 어른이 될 걸세.」

복도에서 발소리가 났다. 남자와 여자였다. 뤼카가 모
니크를 데리고 오는 것이었다. 이제 결정해야 했다. 벌써
15분째 그 생각 중이었다. 여자를 들어오게 해야 할지 옆
방에서 만나야 할지.

그는 어깨를 으쓱하고는 문을 열었다. 두 사람 다 어깨
에서 빗물이 뚝뚝 떨어졌다. 모니크는 침착함을 잃고, 알
베르를 보자 우뚝 서버렸다. 양손을 가방에 얹은 채, 반
장에게 성난 눈길을 던졌다.

「의사에게 다녀왔나?」

「처음엔 가지 않으려 하더라고요. 그래서…….」

「결과는?」

조리스는 자리에서 일어나 마치 그녀 앞에 몸을 던지고 용서라도 구할 것 같은 표정으로 바라보았다.

「아니에요.」

「임신이 아니라고?」

「한 번도 임신한 적이 없답니다.」

조리스는 자기 귀가 믿어지지 않는 듯, 누구를 향해야 할지 모르겠다는 표정이었다. 그는 닥치는 대로 매그레에게 화를 냈다. 매그레야말로 세상에서 가장 잔인한 사람이라는 듯이.

하지만 매그레는 문을 닫고, 여자에게 의자를 가리켜 보였다.

「할 말 있소?」

「전 정말인 줄…….」

「아니겠지.」

「대체 뭘 아시나요? 여자도 아니면서.」

그러고는 청년을 향해 말했다.

「맹세해, 알베르. 난 정말로 아이를 가진 줄 알았단 말이야.」

매그레는 침착하고 담담한 목소리로 말했다.

「얼마 동안이나?」

「여러 날 동안이요.」

「그 후에는?」

「그 후에는, 그를 실망시키고 싶지 않았어요.」

「그를 실망시킨다고?」

매그레는 뤼카를 흘긋 바라보았다. 뤼카는 그를 따라 옆방으로 왔다. 두 남자는 문을 닫고, 연인들끼리만 남겨 두었다.

「처음에 의사한테 가자고 했을 때부터, 뭔가 꿈수가 있다는 걸 알겠더라고요. 막 뻗대는 거예요. 잡아넣겠다, 알베르도 잡아넣겠다고 하자 겨우 따라오더군요.」

매그레는 듣고 있지 않았다. 그런 것쯤은 그도 알고 있었다. 토랑스가 돌아와 있었다.

「내가 시킨 대로 했나?」

「목록을 만들고 있어요. 꽤 긴 모양입니다. 2년 이상 전부터, 앙투안 반장 팀에서 아주 골머리를 앓고 있었나 봅니다. 아마도……」

매그레는 옆방과 통하는 문 쪽으로 다가가 귀를 기울였다.

「뭣들 하고 있어요?」 뤼카가 물었다.

「아무것도.」

「말도 안 해요?」

「안 하는군.」

그는 국장에게 찾아가 현황을 보고했다. 두 사람은 이 일 저 일을 놓고 한참 수다를 떨었다. 그러고도 한 시간쯤, 매그레는 여러 군데 사무실을 돌아다니며 동료들과 이야기를 했다.

자기 사무실로 돌아와 보니, 알베르와 모니크는 여전히 꼼짝도 하지 않고 있었다. 각기 자기 의자에 앉아서 3미터쯤 서로 떨어져 있었다. 젊은 여자는 표정이 딱딱하게 굳어진 것이, 그 단단한 턱하며, 자기 모친이나 이모들과 꼭 닮아 있었다.

우연히 조리스와 눈이 마주친 그녀의 눈에는 뭐라 말할 수 없는 경멸과 증오가 담겨 있었다.

조리스는 잠을 자지 못한 데다 울기까지 해서 눈이 새빨개져 있었다.

「두 사람 다 가도 돼.」 매그레는 자기 의자로 가면서 말했다.

질문을 한 것은 모니크였다.

「신문에 낼 건가요?」

「신문에 날 만한 게 없지 않나.」

「어머니도 알게 되나요?」

「꼭 그래야 하는 건 아니지.」

「그럼 제 상사들은요?」

그가 아니라는 표시를 해 보이자, 그녀는 안도한 듯 자리에서 일어나 문 쪽으로 갔다. 조리스 쪽은 돌아보지도 않았다. 문을 열려다 말고, 그녀는 반장을 돌아보며 한마디 던졌다.

「다 알면서 이러신 거지요?」

「그래.」 그는 한숨을 쉬었다.

「자네도 가보게.」

청년이 꼼짝도 하지 않았으므로, 다시 말했다.

「함께 가지 않을 건가?」

여자는 이미 계단을 내려가고 있었다.

「그래야 한다고 생각하세요?」

「그녀가 뭐라던가?」

「절 바보 천치 취급했어요.」

「그게 다야?」

「다시는 말도 걸지 말래요.」

「그래서?」

「저도 몰라요.」

「가보게.」

「부모님께 뭐라고 하지요?」

「알아서 해. 자네가 돌아왔다는 것만으로도 기뻐하실 걸세.」

「그럴까요?」

밀어내다시피 내보내야 했다. 청년은 아직도 뭔가 풀리지 않았다는 듯한 표정이었다.

「자, 그만 가보라니까, 이런 바보 천치 같으니.」

「저 이제 양아치 아니지요?」

「이런 멍청한 녀석! 여자 말이 맞았다니까!」

청년은 고개를 돌리고 코를 훌쩍이더니 나직하게 말했다.

「감사합니다.」

그제야 사무실에서 혼자가 된 매그레는 코냑을 한잔 따를 수 있었다.

9
코멜리오 판사의 조바심

「매그레 반장이십니까?」

「예, 판사님.」

일상적인 전화였고, 만일 사무실에 자기 팀원 중 누군
가가 있었다면 매그레는 끔뻑하는 눈짓을 해 보였을 것
이다. 그가 수사 판사 코멜리오에게 대답할 때의 말투는
독특한 데가 있었다.

「투레 사건 말입니다.」

「아, 잘돼 갑니다!」

「너무 오래 끈다고 생각지 않으십니까?」

「아시다시피, 돈을 노린 잡범일수록 시간이 걸리지요.」

「그럼, 잡범인 건 확실합니까?」

「그야 판사님께서 처음부터 그러시지 않았습니까. 불
보듯 뻔한 일이라고……」

「슈라메크가 한 말을 다 믿습니까?」

「그는 사실대로 말했다고 생각합니다.」

「그렇다면 루이 투레는 누가 죽인 겁니까?」

「누군가 그의 돈을 탐낸 자겠지요.」

「수사를 좀 서둘러 주십시오.」

「그렇게 하겠습니다, 판사님.」

그렇게 하는 대신, 그는 전혀 다른 일거리 두 가지를 붙들고 시간을 보냈다. 앙굴렘가의 집은 장비에와 라푸앵트, 그리고 또 한 사람이 밤낮으로 감시하고 있었고, 전화는 여전히 도청 장치에 연결되어 있었다.

그는 투레 부인이나 그 딸에게도, 조리스 청년에게도 신경을 쓰지 않았다. 조리스는 다시 생미셸 대로의 서점에서 풀타임으로 일하고 있었다. 그는 그런 사람들을 처음부터 몰랐던 것이나 다름없이 행동했다.

절도죄에 대해서는, 파일을 앙투안 반장에게 넘겼고, 앙투안이 날마다 제프를 심문하고 있었다. 매그레는 종종 제프와 복도에서 마주쳤다.

「잘 지내나?」

「잘 지냅니다, 반장님.」

날씨가 추워졌지만, 비는 더 오지 않았다. 앙굴렘가의 집주인 여자는 새로운 세입자를 구하지 못해 방 두 개가 여전히 비어 있었다. 아직 그 집에 살고 있는 세 여자는 집이 감시당하는 것을 알고는 전에 하던 일을 계속할 엄두를 못 냈다. 외출도 거의 하지 않았고, 근처 식당에 가거나 간단한 식료품을 사러 나가는 것이 고작이었다. 가끔 한 여자는 영화를 보러 나가곤 했다.

「여자들은 온종일 뭘 하나?」 어느 날 매그레가 장비에에게 물었다.

「자고, 카드놀이를 하고, 점도 치지요. 그중에 아를레트라는 여자가 있는데, 이 여자는 커튼 틈새로 저를 볼 때마다 혀를 내밀곤 해요. 어제는 작전을 바꿨는지 돌아서서 가운을 걷어 올리고는 엉덩이를 내보이더군요.」

마르세유 기동 수사대는 여전히 칼에 대해 알아보는 중이었다. 시내뿐 아니라 인근 지역 전체를 뒤지고 있었다. 지난 몇 달 사이에 파리에 올라갔던 특정 계층 사람들도 조사 대상이 되었다.

그 모든 일이 별로 열의 없이, 이렇다 할 결과 없이 계속되었다. 하지만 매그레는 루이 씨를 잊지 않고 있었다. 다른 일 때문에 클리냥쿠르가를 지나야 했을 때는 레온양의 가게 앞에 자동차를 세우고 노파를 위한 크림 케이크를 사 들고 가기까지 했다.

「아직 아무것도 못 알아내셨어요?」

「이제 곧 결과가 나올 겁니다.」

그는 전직 타자수에게 루이 씨가 한 일에 대해 아무 말도 하지 않았다.

「왜 그가 살해됐는지는 밝혀졌어요?」

「돈 때문이지요.」

「그 사람이 그렇게 돈을 많이 벌었나요?」

「꽤 많이 벌었습니다.」

「불쌍한 사람! 겨우 살 만해졌는데 그렇게 가다니!」

그는 생브롱 씨의 방까지 올라가 보지는 않았지만, 꽃 시장에서 노인과 마주쳤고 인사를 나누었다.

그러던 어느 날 아침, 마침내 마르세유에서 전화가 왔다. 긴 통화를 마치고 그는 신원 조서실로 가서 한 시간 가까이 서류철을 가지고 씨름을 했다. 그러고는 기록 보관소로 내려가 거기서도 한참 머물렀다.

그가 차에 오른 것은 11시쯤 되어서였다.

「앙굴렘가로.」

집 앞을 지키고 있는 것은 라푸앵트였다.

「다들 안에 있나?」

「한 여자는 나갔어요. 이 근처에서 장을 보는 중이에요.」

「어느 여자?」

「올가요. 갈색 머리.」

그는 초인종을 눌렀다. 커튼이 움직였다. 주인 여자 마리에트 지봉이 실내화를 끌며 나와 문을 열어 주었다.

「아니, 이번에는 반장님께서 몸소 왕림하셨군요! 당신 부하들이 집 앞을 노상 감시하는 걸로는 부족했나요?」

「아를레트 위에 있소?」

「불러올까요?」

「고맙소만. 내가 올라가겠소.」

그녀는 불안한 듯 복도에 서서, 그가 계단을 올라가 2층 방문을 두드리는 것을 지켜보았다.

「들어오세요!」

여자는 평소처럼 가운 차림으로 흐트러진 침대 위에 누워 추리 소설을 읽고 있었다.

「아, 반장님이세요?」

「나요.」 그는 모자를 벗어 서랍장 위에 놓고 의자를 가져다 앉으며 말했다.

그녀는 놀랍고도 재미있다는 표정이었다.

「그 사건 아직 안 끝난 거예요?」

「범인을 찾아내야 끝나지.」

「아직 못 찾아내셨어요? 아주 유능하신 것 같더니만. 그런데 저 이대로 가운 차림이라도 상관없겠지요?」

「상관없소.」

「뭐 사실 이런 데도 이골이 나셨겠지만요.」

그녀는 여전히 침대에서 일어나지 않은 채 슬쩍 움직여 가운 자락이 벌어지게 만들었다. 매그레가 모르는 척하자 또 한마디 던졌다.

「이래도 꿈쩍 안 한다 그건가요?」

「뭐가?」

「이런 걸 뵈드려도요?」

그가 여전히 끄떡도 하지 않자 여자는 조금 초조해진 모양이었다. 냉소적인 동작으로 그녀는 말을 던졌다.

「한 번 하시겠어요?」

「고맙소.」

「고마우니 하겠다는 거예요?」

「고맙지만 아니오.」

「아, 이런! 이봐요, 당신!」

「그렇게 저속하게 구는 게 재미있소?」

「이젠 한술 더 떠 날 모욕할 셈인가요?」

그러면서도 그녀는 가운 자락을 여미며 일어나 침대 가장자리에 걸터앉았다.

「도대체 나한테 원하는 게 뭐예요?」

「당신 부모님은 당신이 여전히 마티농가에서 일하는 줄로 알고 있소?」

「무슨 얘길 하는 거예요?」

「마티농가의 양장점 엘렌&엘렌에서 1년간 일하지 않았소.」

「그래서요?」

「당신이 직업을 바꿨다는 걸 집에서도 아느냔 말이오.」

「그게 당신과 무슨 상관이에요?」

「당신 아버지는 정직한 사람이던데.」

「한심한 늙은이지요. 뭐, 그래요.」

「만일 당신이 무슨 짓을 하는지 알면…….」

「아버지한테 이르려고요?」

「그럴 수도 있지.」

이번에는 동요를 숨기지 못했다.

「클레르몽페랑까지 갔어요? 부모님을 만났어요?」

「아직은…….」

그녀는 자리에서 일어나 문 쪽으로 가더니 벌컥 열어젖혔다. 문밖에서는 마리에트 지봉이 엿듣고 있었다.

「제발 이러지 마요!」

「들어가도 돼?」

「안 돼요. 날 좀 가만히 놔둬요. 또 이런 식으로 엿들으면…….」

매그레는 의자에서 꼼짝도 하지 않았다.

「그래서?」 그가 물었다.

「그래서 뭐요? 뭘 원해요?」

「알지 않소.」

「아뇨. 확실히 말해 보세요.」

「당신은 이 집에서 산 지 여섯 달이 되었소.」

「그래서요?」

「당신은 하루 중 대부분의 시간을 집 안에서 보내고 여기서 일어나는 일은 뭐든 다 알고 있소.」

「계속해 보세요.」

「여길 줄곧 드나들다가 루이 씨가 죽은 후로 발길을
끊은 사람이 하나 있지.」

여자의 눈동자가 약간 졸아드는 듯했다. 다시금 그녀
는 문간으로 가서 확인을 했지만, 이번에는 문 뒤에 아무
도 없었다.

「하여튼 그 사람은 날 보려고 오는 사람은 아니었어요.」

「그럼 누굴 보러 왔지?」

「다 알 거 아녜요. 난 이제 옷을 입어야겠네요.」

「왜?」

「왜냐하면 이런 얘기까지 나온 마당에, 더 이상 여기
있으면 안 되겠어요.」

그녀는 이번에는 딱히 무슨 의도가 있어서가 아닌 채
가운을 홀러덩 벗어 떨구고는, 팬티와 브래지어를 집어
들더니 옷장을 열었다.

「결국 이렇게 될 줄 알았다니까.」

그녀는 혼자서 중얼거렸다.

「말해 보세요. 반장님은 아주 머리가 잘 돌아가지요?」

「그야 범인을 잡는 게 내 일이니까.」

「그래서 그 사람을 잡았나요?」

그녀는 검은 원피스를 골라 입더니, 입술에 루주를 처

바르기 시작했다.

「아직.」

「누군지는 아세요?」

「그야 당신이 말해 줘야겠지.」

「벌써 다 아시는 것 같은데요.」

그는 주머니에 들었던 지갑에서 사진을 하나 꺼내 보여 주었다. 30대 남자로, 왼쪽 관자놀이에 흉터가 있었다. 그녀는 사진을 흘끔 보더니 아무 말도 하지 않았다.

「맞지?」

「그렇게 생각하시는 거 같네요.」

「내가 틀렸나?」

「반장님이 그 사람을 체포하는 동안 전 어디로 가지요?」

「내 형사 중 하나가 안전한 데로 데려가서 돌봐 줄 거야.」

「누구요?」

「누구면 좋겠나?」

「숱 많은 갈색 머리.」

「라푸앵트 형사 말이군.」

사진으로 돌아가, 매그레는 다시 물었다.

「마르코에 대해 뭘 아나?」

「주인 여자의 애인이라는 거요. 그런데 그 얘길 꼭 여기서 해야 하나요?」

「그자는 어디 있지?」

그녀는 아무 대답도 않고 옷이며 소지품들을 커다란 여행 가방에 되는 대로 쑤셔 넣었다. 한시 바삐 이 집에서 나가고 싶은 눈치였다.

「나가서 얘기해요.」

그가 가방을 들어 주려고 몸을 굽히자 여자는 또 한마디했다.

「어라! 이럴 땐 신사적이시네!」

아래층 작은 거실의 문이 열려 있었다. 마리에트 지봉이 초조한 표정으로 문간에 서 있었다.

「어디 가니?」

「반장님이 데려가시는 데로.」

「얘를 잡아가는 거예요?」

여자는 더 물을 엄두를 내지 못하고, 그들이 나가는 것을 지켜보더니, 급히 창가로 가서 커튼을 들어 올렸다. 매그레는 가방을 자동차 쪽으로 밀고 가서, 라푸앵트에게 말했다.

「다른 사람을 보내 교대시켜 줄 테니까, 사람이 오는 대로 자네는 레퓌블리크로 오게.」

「알겠습니다, 반장님.」

그는 운전기사에게 지시를 했으나, 아직 차에 오르지 않았다.

「가지.」

「브라스리 드 라 레퓌블리크로요?」

「일단 그리로.」

바로 옆이었다. 두 사람은 안쪽 테이블 앞에 자리를 잡았다.

「전화 한 통 해야 하는데, 달아날 생각일랑 안 하는 게 좋아.」

「알았어요.」

그는 본부에 전화를 하여 토랑스에게 지시를 내리고는, 테이블로 돌아와서 아페리티프 두 잔을 주문했다.

「마르코는 어디 있나?」

「저도 몰라요. 처음에 당신들이 왔을 때, 주인 여자는 절 시켜서 그 사람에게 전화를 했지요. 다시 알릴 때까지 나타나지 말라고요.」

「언제쯤 그 전화를 했지?」

「당신들이 떠나고 30분쯤 후에요. 볼테르 대로의 한 식당에서요.」

「그와 직접 통화했나?」

「아뇨. 두에 가의 한 바텐더에게 말했어요.」

「그 친구는 이름이 뭐지?」

「펠릭스.」

「바 이름은?」

「포커 에이스.」

「그 후로는 소식이 없나?」

「없어요. 주인 여자는 노심초사하는데. 자기가 그 사람보다 스무 살이나 더 많다는 걸 잘 아니까, 그 사람이 바람을 피울까 봐 마음을 못 놓아요.」

「그가 돈을 가져갔나?」

「몰라요. 그날 오긴 했어요.」

「어느 날?」

「루이 씨가 죽던 날이요.」

「몇 시쯤 다녀갔지?」

「5시쯤이요. 주인 여자랑 둘이서 그 여자 방에 틀어박혀 있었어요.」

「주인 여자가 루이 씨 방에 가지는 않았나?」

「그랬을지도 모르죠. 하지만 별로 신경을 쓰지 않아서 잘 몰라요. 그 사람은 한 시간 후쯤 떠났어요. 문 닫히는 소리가 들렸거든요.」

「주인 여자가 당신들을 시켜서 그 친구에게 연락을 취하지는 않았나?」

「우리가 미행당할 거라고 생각했어요.」

「전화에 도청 장치가 설치되어 있다는 것도 눈치챘나?」

「파이프를 두고 갔다고 할 때 눈치를 챘지요. 영리하거든요. 그 여자를 별로 좋아하진 않지만, 그래도 불쌍한 여자예요. 그 사람한테 완전히 빠져서 병이 다 났어요.」

라푸앵트 형사가 도착했을 때, 두 사람은 잠자코 테이블 앞에 앉아 있었다.

「뭘 들겠나?」

라푸앵트는 여자 쪽에 눈길도 주지 못하는데, 여자는 샐샐 웃으며 그를 들여다보았다.

「같은 거요.」

「자네는 이 여자를 방 두 개가 연달아 있는 호텔로 데려가게. 내가 신호를 할 때까진 여자를 떠나면 안 돼. 방이 정해지면 어딘지 내게 전화를 하게. 멀리 갈 필요는 없어. 아마 저기 맞은편 호텔에도 방이 있을 거야. 여자는 아무도 만나지 말도록 하고, 식사도 방에서 하는 편이 좋겠고.」

여자가 라푸앵트와 함께 나가는 모습이, 마치 여자가 그를 끌고 가는 듯한 형국이었다.

이틀이 더 걸렸다. 누군가가 ─ 누구인지는 결코 알 수 없었지만 ─ 두에 가의 바텐더 펠릭스에게 귀띔을 한 모양이었다. 그는 한 친구 집에 숨어 있다가 이튿날 저녁에 발견되었다.

하룻밤을 꼬박 실랑이한 다음에야 그에게서 마르코를 안다는 자백과 그의 주소를 얻어 낼 수 있었다.

마르코는 파리를 떠나 센 강변의 한 낚시용 여인숙에 묵고 있었다. 그 계절에 투숙객은 그 혼자뿐이었다.

체포되기에 앞서 그는 총 두 방을 쏘았지만 아무도 맞지 않았다. 그는 루이 씨에게서 훔친 지폐들을 마리에트 지봉이 일부러 만들어 준 듯한 허리띠 속에 감추어 가지고 있었다.

「매그레 반장이십니까?」

「예, 판사님.」

「투레 사건은 어떻게 됐습니까?」

「종결됐습니다. 범인과 공범을 곧 보내 드리겠습니다.」

「대체 누굽니까? 잡범이 맞습니까?」

「더없이 잡스럽지요. 수상한 셋집 주인 여자와 그 애인인 마르세유 출신 깡패. 루이 씨는 순진하게도 돈뭉치를 거울 달린 장롱 위에 보관했던 겁니다.」

「그런데요?」

「루이 씨가 장롱 위의 돈이 없어진 걸 모르게 해야 했던 거지요. 마르코가 그 일을 맡았고요. 칼을 판 상인을 찾아냈어요. 오늘 안으로 제 보고서를 받아 보시게 될 겁니다……」

그게 가장 귀찮은 노릇이었다. 매그레는 오후 내내 혀를 빼물고 초등학생처럼 그 숙제에 몰두했다.

저녁 식사를 마친 후에야 그는 아를레트와 라푸앵트 생각이 났다.

「이런! 깜빡했군!」 그는 저도 모르게 소리쳤다.

「중요한 일이에요?」 매그레 부인이 물었다.

「뭐 그리 중요한 건 아닐 거야. 지금이나 내일 아침이나. 이제 그만 잡시다.」

옮긴이의 말

　매그레 시리즈 전집을 이리저리 뒤적이며 읽을거리를 고르는 것은 즐거운 고민이다. 먼저 손이 가는 것, 조금 맛볼까 하다가 어느새 빠져들고 마는 것은 아무래도 도입부의 수수께끼가 흥미로운 작품들이다. 전에 번역한 『생폴리앵에 지다』나 『타인의 목』, 『안개의 항구』도 그랬지만, 이 작품 『매그레와 벤치의 사나이』도 그 못지않다. 파리 중심가의 막다른 골목에서 중년 남자 하나가 등에 칼을 맞고 죽은 채로 발견된다. 다툰 흔적도 없고, 돈이 든 지갑도 그대로 지니고 있는, 지극히 평범해 보이는 사내. 우범 지역의 다반사로 넘어갈 만한 사건에서 매그레의 신경을 건드리는 것은, 고인의 아내가 주목하는 누런 구두이다. 시신을 덮은 시트 밖으로 삐져나와 있는 누런 구두를 보고 그녀는 남편이 그런 신발을 신어 본 적 없다고 말한다.

뭐지? 웬 누런 구두? 사건의 단서는, 아니 많은 문학 작품에서 이해의 단서는, 그렇게 첫눈에 이해되지 않는 모순 내지 결락에 숨겨져 있게 마련이다. 그 균열을 곰곰이 음미해 보면 더 깊은 맥락의 의미가 짚이는 것이다. 추리 소설이란 유독 그런 얼개를 플롯으로 삼은 장르이니, 사건의 표면적이고 모순된 단서(들)로부터 출발하여 그 숨은 맥락, 곧 진상을 재구성하는 것이 탐정(과 독자)의 몫이 된다. 매그레 시리즈의 매력은 그렇게 하여 제시되는 그림이 인생의 울울한 이면을 보여 준다는 데 있다고나 할까. 그가 〈삶을 수사한다〉는 것은 그런 의미이다.

고인의 아내에게 나머지 옷과 소지품을 확인시킨 결과, 고인은 그녀가 본 적 없는 〈거의 빨간 색〉의 〈야한 넥타이〉를 매고 있고, 당일 오후의 영화표 두 장과 아침에 가지고 나간 것보다 많은 돈을 가지고 있다 — 당신이라면 어디서부터 수사를 시작하겠는가? — 매그레는 자신도 진작부터 사볼까 했던 그 누런 구두, 일명 〈거위똥색〉 구두를 신었을 때의 느낌을 아는 터이다. 해방감, 그리고 지갑이 두둑하다는 느낌. 무엇으로부터의 해방감인지는 추측하기 어렵지 않다. 〈저런 신발은 내가 허락하지 않았을 것이다!〉라고 말하는 아내, 그녀가 집착하는 오죽잖은 계층적 위신, 엄격히 짜인 철도 시간표만큼이나 여유 없이 영위되는 삶.

매그레는 말한다. 스무 살 무렵 처음 파리에 상경했을 때는, 삶의 끈을 놓아 버리고 낙망한 자들, 패배한 자들, 될 대로 되라고 포기해 버린 자들이 가장 먼저 그의 눈에 들어왔지만, 이후로 차츰 깊은 인상을 받게 된 것은 그들이 아니라 그들보다 한 계단 위에 있는 자들, 착실하고 근면하게 살아가는 서민 계급 사람들이었다고. 살아남기 위해, 살아남았다는 환상을 가지기 위해 날마다 투쟁하는 자들…… 고인의 아내가 딱하리만큼 집착하는 〈자기 자매들만큼의 삶〉이란 바로 그런 환상을 가질 수 있는, 떳떳이 고개 들고 살 수 있는 최저선인 셈이다. 어느 날 그 최저선을 더는 유지할 수 없게 된, 하지만 부랑자로 전락한 것을 차마 아내에게 알릴 수 없었던 〈벤치의 사나이〉는 발견한다. 마치 그림 속으로 들어가듯이, 자신의 눈앞에 펼쳐진 하릴없는 풍경 속으로 잠입할, 그리하여 자유를 누릴 틈새를.

자유라고 해봤자, 그가 누린 것은 대단치 않다. 아내에게 계속 생활비를 갖다 주고, 그러기 위해 잠시 빚졌던 주위 사람들에게 빚을 갚고, 아내에게는 없는 상냥함을 조금 누리는 정도…… 하지만 그 평온함은 오래 지속되지 않는다. 그 틈새를 눈치챈 또 한 사람이 그것을 이용하여 더 큰 자유를 누리고자 하는 것이다. 매그레 소설의 많은 주인공에게 그렇듯이, 〈바다 너머〉로 투영된 새로운 삶,

자유로운 삶을. 누가 비난할 수 있을까? 자신을 밀어내는 세상 속에서 간신히 발 디딜 틈새를 발견한 자를? 그를 이용하려는 젊은 자의 치기와 비정함을, 밉살스러울 망정, 정죄할 수 있을까? 또는, 그 두 사람으로 하여금 자유를 갈구하게 한 억압의 화신이라 한들, 오죽잖은 삶의 외양에 안쓰러이 매달리는 자를, 누가 비난할 수 있을까?

매그레는 이번에도 역시 아무도 정죄하지 않는다. 그가 그려 내는 인생이라는 큰 그림에서 보면 사건의 범인은 너무 하찮아서 오히려 연민을 자아낼 때가 많다. 그 모든 일의 진짜 범인은 누구 또는 무엇인지 다시 생각해 보게 되곤 한다 ─ 당신은 어떻게 생각하는가? ─ 매그레 자신의 표현을 빌자면, 이 이야기는 〈그해 들어 겨울 느낌이 나는 첫 사건〉이다. 인생의 겨울 초입을 서성이는 벤치의 사나이, 그의 심경을 막막히 떠올려 보게 된다.

2017년 7월
최애리

『매그레와 벤치의 사나이』에 관하여

제목

Maigret et l'Homme du banc

집필 시기

1952년 9월

집필 장소

미국 코네티컷주 레이크빌에 있는 섀도 록 농장

초판 인쇄일

1953년(단행본 출간 이전 1953년 1월 31일부터 3월 3일까지 잡지 『르 피가로*Le Figaro*』에 연재됨)

초판 발행 출판사

Presses de la Cité

초판 서지 정보

판형 11.5×17.5cm, 분량 221면

작품 배경

파리

참조 사항

매그레 시리즈의 41번째 작품인 이 소설은 조르주 심농이 가족과 함께 미국 코네티컷주에 거주할 당시 집필한 작품들 중 하나로, 심농은 1952년 9월 11일부터 19일까지 단 9일 만에 이 작품을 완성했다. 파리 생마르탱 대로의 어느 으슥한 골목, 한 남자가 살해된 채 발견되는 것으로 시작되는 이 소설은, 군중 속에서 평범하게 살아가던 한 고독한 중년 사내의 비밀스러운 속사정들이 살인 사건을 수사하는 과정 속에서 하나씩 드러나며 이야기가 전개된다. 평범한 추리 소설처럼 보이는 형식 안에 인간의 삶의 어두운 이면을 포착하는 매그레 시리즈 특유의 미학이 묵직하게 빛을 발하는 작품이다.

세계 주요 출간 현황

- 영어: *Maigret and the Man on the Boulevard*(London: Hamish Hamilton, 1975) (영국)

  Maigret and the Man on the Bench(New York: Harcourt Brace Jovanovich, 1975) (미국)

- 이탈리아어: *Le due pipe di Maigret*(Mondadori: Milano, 1959)

- 독일어: *Maigret und der Man auf der Bank*(Köln: Kiepenheuer & Witsch, 1954)

영화 및 TV 드라마 각색

- 「Murder on Monday」(1962), 영국, BBC, TV 드라마, Terence Williams 감독, Rupert Davies 주연.

- 「Megre i chelovek na skameyke」(1973), 러시아, TV 드라마, Vyacheslav Brovkin 감독, Boris Tenin 주연.

- 「Maigret et l'Homme du banc」(1973), 프랑스, Antenne 2, TV 드라마, René Lucot 감독, Jean Richard 주연.

- 「警視とベンチの男」(1978), 일본, 朝日放送, TV 드라마, 橋本信也 감독, 愛川欽也 주연.

- 「Maigret et l'Homme du banc」(1993), 프랑스·벨기에, Antenne 2, TV 드라마, Étienne Périer 감독, Bruno Cremer 주연.

조르주 심농 연보

1903년 출생 2월 13일 조르주 조제프 크리스티앙 심농 Georges Joseph Christian Simenon이 벨기에 리에주 레오폴드가 26번지에서 보험 회사 직원인 데지레 심농과 앙리에트 브륄 사이의 첫째로 태어남.

1906년 3세 9월 21일, 조르주의 동생 크리스티앙 출생.

1908년 5세 기독교 학교인 앵스티튀 생탕드레 데 프레르에 입학.

1914년 11세 예수회 교도들이 운영하는 생루이 중학교에 입학.

1915년 12세 생세르베 중학교로 전학해, 별 두각을 드러내지 못한 채 3년 동안 다님.

1918년 15세 아버지가 중병으로 쓰러지자 학업을 그만두고, 서점 등에서 이런저런 잡일을 하며 생계를 꾸림.

1919년 16세 벨기에 일간지 『가제트 드 리에주 Gazette de Liège』에 입사. 1922년 12월까지 그곳에서 여러 가명으로 약 1천 편의 기사를 씀. 첫 콩트 중 하나인 『미지근한 과일 졸임 그릇 Le Compotier tiède』을 씀.

1920년 17세 〈라 카크〉라는 술집을 드나드는 무명 예술가 및 작가

들과 교제하기 시작.

1921년 18세 화가 레진 랑숑을 만남. 심농은 그녀에게 티지Tigy라는 별명을 붙여 주고, 단 12부만 인쇄한 소책자 『우스꽝스러운 사람들Les Ridicules』을 바침. 첫 소설 『아르슈 다리에서Au Pont des Arches』가 조르주 심이라는 이름으로 출간. 11월 28일 아버지 데지레 심농이 44세의 나이로 사망. 심농은 즉시 자원 입대해 군 복무를 하기로 결심함.

1922년 19세 12월 파리 북역에 도착.

1923년 20세 레진 랑숑과 결혼하고 트라시 후작의 비서로 일하기 시작함.

1924년 21세 다소 가벼운 잡지들에 콩트를 쓰기 시작. 이 소설들은 장 뒤 페리, 조르주마르탱 조르주, 곰 귀, 크리스티앙 브륄, 조르주 심 같은 20여 개의 가명으로 출간됨.

1925년 22세 가을이 끝날 무렵 조지핀 베이커를 만남. 그들의 열정적인 관계는 1927년 6월까지 지속됨.

1928년 25세 선박 유람에 관심을 가지기 시작해 〈지네트〉호를 타고 프랑스의 운하와 강들을 유람함. 물길 안내인, 선원, 수문지기, 마부들의 세계에서 많은 영감을 받게 됨.

1929년 26세 주간지 『데텍티브Détective』에 조르주 심이라는 가명으로 퀴즈식의 짧은 이야기들을 실음. 〈오스트로고트〉호를 타고 유럽 북부 운하들을 둘러봄. 9월 네덜란드의 델프제일 항에서 배를 수리하는 동안 처음으로 〈매그레〉라는 인물을 구상.

1930년 27세 조르주 심이라는 가명으로 일간지 『뢰브르L'Œuvre』에 매그레를 주인공으로 내세운 이른바 대중적인 소설 『불안의 집 La Maison de l'inquiétude』을 연재. 여세를 몰아 쓴 『수상한 라트비아인Pietr-le-Letton』을 출판인 아르템 파야르에게 보내나 아르템은 시큰둥한 반응을 보임.

1931년 28세 성공을 확신한 심농은 다른 두 편의 매그레, 『갈레 씨, 홀로 죽다*Monsieur Gallet, décédé*』와 『생폴리앵에 지다*Le Pendu de Saint-Pholien*』를 쓰고, 결국 아르템 파야르에서 출간됨. 2월 20일 이 두 편의 소설이 〈인체 측정 무도회〉란 이름의 출간 기념회에서 소개되어 예상과 달리 큰 성공을 거둠. 그리하여 이해에만 무려 열한 편의 매그레가 출간됨.

1932년 29세 새 매그레 여섯 편이 출간됨. 4월 심농의 소설을 원작으로 한 첫 장편 영화, 장 르누아르의 「교차로의 밤*La Nuit du carrefour*」 개봉. 몇 주 후에는 장 타리드의 「누런 개*Le Chien jaune*」가, 그리고 1933년에는 아리 보르가 매그레 역을 맡은 쥘리앵 뒤비비에의 「타인의 목*La Tête d'un homme*」이 개봉.

1933년 30세 추리 소설 컬렉션에 넣지 않을 첫 번째 작품 『운하의 집*La Maison du canal*』을 본명으로 출간. 그리고 『파리수아르*Paris-Soir*』 주관으로 트로츠키와 대담을 나누는 등 여러 편의 르포를 주요 잡지에 게재. 10월 가스통 갈리마르와 출판 계약을 체결.

1934년 31세 소설과 르포를 번갈아 냄. 갈리마르에서는 『세입자*Le Locataire*』를, 파야르에서는 수사 시리즈를 마친다는 의미로 간단하게 『매그레*Maigret*』라는 제목을 붙인 열아홉 번째 매그레를 출간.

1935년 32세 세계 일주를 하며 『흑인 구역*Quartier nègre*』과 『일주*Long cours*』(1936년 출간) 같은, 〈이국적〉 소설들을 씀.

1938년 35세 『지나가는 기차를 바라본 남자*L'Homme qui regardait passer les trains*』, 『라 수리 씨*Monsieur La Souris*』, 『항구의 마리*La Marie du port*』 등 주요 작품 여러 편이 갈리마르에서 출간.

1939년 36세 4월 19일 브뤼셀에서 티지가 첫 아들 마르크를 출산.

1940년 37세 샤랑탱페리외르 지역 벨기에 피난민 고등 판무관으로 임명됨. 그를 진찰한 한 의사가 앞으로 2~3년밖에 살지 못할 거라는 진단을 내려, 겁을 집어먹은 그는 곧바로 첫 자전적 작품 『나는 기억한다……*Je me souviens…*』를 유언 삼아 쓰기 시작함.

1942년 <u>39세</u> 생메스맹르비외에 정착함. 『쿠데르 씨의 미망인*La Veuve Couderc*』을 출간. 또 『마제스틱 호텔의 지하*Les Caves du Majestic*』가 수록된 작품집 『매그레 돌아오다*Maigret revient*』를 갈리마르에서 출간.

1945년 <u>42세</u> 나치에 부역했다는 혐의로 〈거주지 지정〉을 강요당해 사블돌론에서 지내다가 파리에 몇 달 머문 다음, 염두에 뒀던 미국행을 준비. 10월 티지, 마르크와 함께 뉴욕에 도착. 11월 캐나다 여성 드니즈 위메를 만나 첫눈에 반함. 이 첫 만남은 이듬해 초에 출간된 『맨해튼의 방 세 개*Trois chambres à Manhattan*』에 생생하게 묘사됨. 이 책을 시작으로 이후 그의 모든 작품들은 프레스 드 라 시테 출판사에서 출간됨.

1946년 <u>43세</u> 아내 티지, 정부 드니즈와 자동차로 미국 횡단 시도. 11월 플로리다에 정착. 쥘리앵 뒤비비에가 『이르 씨의 약혼*Les Fiançailles de Monsieur Hire*』을 원작으로 영화 「패닉*Panique*」을 제작함.

1947년 <u>44세</u> 애리조나의 투손으로 이사. 그곳에서 『잃어버린 암말*La Jument perdue*』과 『눈은 더러워졌다*La Neige était sale*』를 씀. 투마카코리에 잠시 머문 다음, 1949년 다시 투손으로 돌아감.

1948년 <u>45세</u> 앙드레 지드의 권고에 따라 『나는 기억한다……』의 분량을 늘려 소설화한 『혈통*Pedigree*』을 출간.

1949년 <u>46세</u> 제2차 세계 대전 동안 나치에 부역했다는 혐의를 벗음. 9월 29일 드니즈가 투손에서 둘째 아들 장, 일명 존을 출산.

1950년 <u>47세</u> 티지와 이혼하고 드니즈와 결혼. 코네티컷의 레이크빌에 5년간 정착함. 이 시절 심농은 『에버튼의 시계 수리공*L'Horloger d'Everton*』, 『매그레의 권총*Le Revolver de Maigret*』을 비롯한 스물여섯 편의 소설을 써낼 정도로 왕성한 창조력을 발휘함. 토마 나르스자크가 『괴짜 심농*Le Cas Simenon*』을 출간.

1951년 48세 앙리 드쿠앵이 연출하고 장 가뱅과 다니엘 다리외가 출연한 영화「베베 동주에 관한 진실La Vérité sur Bébé Donge」개봉.

1952년 49세 벨기에의 과학과 예술 로열 아카데미 회원으로 임명됨으로써 프랑스와 벨기에로 금의환향.

1953년 50세 레이크빌 인근에서 드니즈가 딸 마리조르주 심농, 일명 마리조를 출산.『매그레와 벤치의 사나이*Maigret et l'Homme du banc*』출간.

1955년 52세 유럽으로 완전히 돌아와 가족과 함께 처음에는 무쟁, 나중에는 칸에 거주함.

1957년 54세 가족과 함께 스위스의 보주(州)에 있는 에샹당 성에서 살기로 결정. 장 들라누아가 장 가뱅 주연의「매그레, 덫을 놓다Maigret tend un piège」를 제작. 그는 1959년, 역시 장 가뱅이 주연을 맡은「매그레와 생피아크르 사건Maigret et l'Affaire Saint-Fiacre」도 제작함.

1959년 56세 로잔에서 드니즈가 막내 피에르를 출산. 프레스 드 라 시테가 심농이 쓴 몇 안 되는 에세이 중 하나인『프랑스 여성*La Femme en France*』을 출간함.

1960년 57세 제13회 칸 영화제 심사 위원장을 맡음. 의학 소설『곰 인형*L'Ours en peluche*』출간.

1962년 59세 드니즈의 하녀 테레자 스뷔를랭과 연인 관계를 맺기 시작. 그녀는 서서히 그의 동반자 자리를 차지하게 됨. 장피에르 멜빌이 심농의 동명 작품을 영화화한「페르쇼 가의 장남L'Aîné des Ferchaux」을 제작. 장폴 벨몽도와 샤를 바넬이 주연을 맡음.

1963년 60세 에샹당을 떠나 로잔 근처의 에팔랭주에 정착.『비세트르의 고리*Les Anneaux de Bicêtre*』를 출간.

1966년 63세 9월 3일, 네덜란드 델프제일 항에 매그레 동상이 세워짐.

1967년 <u>64세</u> 심농 전집(72권)이 랑콩트르 출판사에서 출간되기 시작. 1971년 영화화되기도 한 작품 『고양이*Le Chat*』 출간.

1970년 <u>67세</u> 1929년에 재혼해 조제프 앙드레 부인이 된 어머니 앙리에트 심농이 90세의 나이로 리에주에서 사망. 두 번째 자전적 작품 『내가 늙었을 때*Quand j'étais vieux*』 출간.

1972년 <u>69세</u> 마지막 본격 소설 『결백한 자들*Les Innocents*』과 마지막 매그레 『매그레와 샤를 씨*Maigret et Monsieur Charles*』를 출간. 9월 18일 평소처럼 서류 봉투에 책 제목을 쓴 후 갑자기 이 책을 쓸 수 없다는 것을 깨닫고, 즉시 소설 창작에 마침표를 찍기로 결심.

1973년 <u>70세</u> 더 이상 다른 사람 아닌 자기 자신의 입장에 서기로 결심하고, 녹음기를 장만해 자신에 대해 말하기 시작.

1974년 <u>71세</u> 에팔랭주를 떠나 로잔의 〈라 메종 로즈(장밋빛 집)〉로 이사. 『어머니께 보내는 편지*Lettre à ma mère*』 출간.

1975년 <u>72세</u> 스물한 편의 〈구술*Dictées*〉 가운데 첫 두 편, 『남다르지 않은 사내*Un homme comme un autre*』와 『발자국*Des traces de pas*』 출간.

1976년 <u>73세</u> 심농 재단을 설립한다는 조건으로 리에주 대학교에 자신이 소장한 문학 자료들을 기증.

1978년 <u>75세</u> 5월 19일 딸 마리조가 권총으로 자살함.

1981년 <u>78세</u> 마지막 〈구술〉 네 편(『우리에게 남은 자유*Les Libertés qu'il nous reste*』, 『잠든 여인*La Femme endormie*』, 『낮과 밤*Jour et nuit*』, 『운명*Destinées*』), 그리고 그의 작품 중 가장 분량이 많은 『내밀한 회고록*Mémoires intimes*』을 출간.

1985년 <u>82세</u> 6월 24일 첫 아내 레진 랑숑 사망.

1989년 <u>86세</u> 9월 4일 월요일, 스위스 레만 호숫가, 로잔의 보 리바주 호텔에서 사망.

매그레와 벤치의 사나이

옮긴이 최애리는 서울대학교 및 동 대학원에서 불어불문학을 공부했고, 중세 문학 연구로 박사 학위를 받았다. 지은 책으로 여성 인물 탐구 시리즈인 『길 밖에서』, 『길을 찾아』가 있고, 옮긴 책으로 오스카 와일드의 『오스카 와일드, 아홉 가지 이야기』, 버지니아 울프의 『댈러웨이 부인』, 『등대로』, 피에르 그리말의 『그리스 로마 신화 사전』(공역), 크레티앵 드 트루아의 『그라알 이야기』, 슐람미스 샤하르의 『제4신분, 중세 여성의 역사』, 프랑수아 줄리앙의 『무미 예찬』, 자크 르 고프의 『연옥의 탄생』, 조르주 심농의 『생폴리앵에 지다』, 『타인의 목』, 『안개의 항구』, 앙리 보스코의 『이아생트』, 조지 허버트의 『그리스도교 신앙시 100선: 합창』 등이 있다.

지은이 조르주 심농 옮긴이 최애리 발행인 홍지웅·홍예빈
발행처 주식회사 열린책들 주소 경기도 파주시 문발로 253 파주출판도시
대표전화 031-955-4000 팩스 031-955-4004 홈페이지 www.openbooks.co.kr
Copyright (C) 주식회사 열린책들, 2017, *Printed in Korea.*
ISBN 978-89-329-1842-6 03860 발행일 2017년 8월 20일 초판 1쇄

이 도서의 국립중앙도서관 출판예정도서목록(CIP)은 서지정보유통지원시스템 홈페이지(http://seoji.nl.go.kr)와 국가자료공동목록시스템(http://www.nl.go.kr/kolisnet)에서 이용하실 수 있습니다.(CIP제어번호 : CIP2017018980)

MANCHE

Caen
Rennes
Bretagne
Basse-Normandie
Haute-
Norman
Ro

사건 발생 장소: 파리 생
대로와 막다른 골목

Pays de la Loire

Nantes

OCÉAN

Poitiers

Poitou-
Charentes

ATLANTIQUE

L

Bordeaux

Aquitaine

M

ESPAGNE